Kadokawa Fantastic Novels

怕痛的我，把防禦力點滿就對了

夕蜜柑
［插畫］狐印

All points are divided to VIT Because a painful one isn't liked.

5

霞

Kasumi's STATUS

Lv58

HP 435/435

MP 70/70

[STR 170]

[VIT 80]

[AGI 90]

[DEX 30]

[INT 20]

Welcome to "NewWorld Online".

在【大楓樹】公會基地
梅普露
怎麼打都0傷害的
最硬最強會長。
「聖誕快樂！
明年也請
多多指教！」
莎莉
梅普露的死黨，
能躲避任何攻擊。
奏
擁有超群記憶力的
天才魔法師。

伊茲
在幕後扶持【大楓樹】
成員的高階工匠。
克羅姆
具有高超生存能力，
有如大家長的塔盾玩家。
麻衣
全點攻擊的新手，
結衣的姊姊。
霞
原本偏愛單打獨鬥，
實力高強的武士刀玩家。
結衣
全點攻擊的新手，
麻衣的妹妹。

「……【核心鎔燬】。」
這個技能是貨真價實的自爆技。
轉瞬後，沖天爆炎連同梅普露焚滅了塔主。
對戰第四階的「最強」

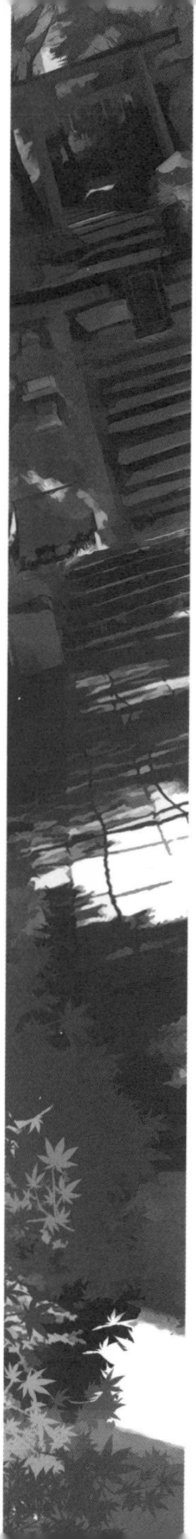

SKILL Katana-Arts X / Issen / Kabutowari / Guard Break / Lop Off / Insight / Encouragement / Offense Stance / Ittouryoudan / Throwing / HP Enhancement large / MP Enhancement medium / Poison Disabled / Paralysis Disabled / Stun Resistance medium / Sleep Resistance medium / Freezing Resistance small / Burning Resistance small / Knowledge of the Long sword X / Knowledge of the Katana X / Meaningful of the Long sword II / Meaningful of the Katana II / Mining IV / Harvesting VI / Diving V / Swimming VI / Jumping VII / Sheep shearing / Clairvoyance / Indomitability / Sword Aura / The Braveness / The Strength / Super acceleration / Permanent battlefield /

Kasumi's STATUS

Lv58 HP 435/435 MP 70/70

[STR 170] [VIT 80]

[AGI 90] [DEX 30] [INT 20]

怕痛的我，把防禦力點滿就對了

夕蜜柑

[插畫] 狐印

5

Welcome to "NewWorld Online".

Kadokawa Fantastic Novels

CONTENTS

All points are divided to VIT.
Because
a painful one isn't liked.

0850 1048 4070 7603

NewWorld Online STATUS

NAME 梅普露 Maple LV 40

HP 200/200 MP 22/22

STATUS

STR 000 VIT 8880 AGI 000 DEX 000 INT 000

EQUIPMENT

新月 skill 毒龍 | 闇夜倒影 skill 暴食 | 黑薔薇甲 skill 流滲的混沌 | 感情的橋樑 | 強韌戒指 | 生命戒指

SKILL

盾擊 步法 格擋 冥想 嘲諷 鼓舞 低階HP強化 低階MP強化
塔盾熟練V 衝鋒掩護IV 掩護 抵禦穿透 反擊 絕對防禦
殘虐無道 以小搏大 毒龍吞噬者 炸彈吞噬者 綿羊吞噬者 不屈衛士 念力
要塞 獻身慈愛 機械神

6892 1179 0606 0847

NewWorld Online STATUS

NAME 莎莉 Sally LV 37

HP 32/32 MP 80/80

STATUS

STR 085 VIT 000 AGI 158 DEX 045 INT 050

EQUIPMENT

深海匕首 | 水底匕首 | 水面圍巾 skill 幻影 | 大海風衣 skill 大海 | 大海衣褲 | 黑色長靴 | 感情的橋樑

SKILL

疾風斬 破防 鼓舞 倒地追擊 猛力攻擊 替位攻擊
快速連刺V 體術V 火魔法II 水魔法III 風魔法III 土魔法II 闇魔法II 光魔法II
低階肌力強化 低階連擊強化
低階MP強化 低階MP減免 低階MP恢復速度強化 低階抗毒 低階採集速度強化
匕首熟練VI 魔法熟練III
異常狀態攻擊IV 斷絕氣息II 偵測敵人II 躡步I 跳躍III
烹飪I 釣魚 游泳X 潛水X 剃毛
超加速 古代之海 追刃 博而不精 劍舞

points are divided to VIT. Because a painful one isn't like

Welcome to "NewWorld Online"

0557 4654 3729 1094

NAME 克羅姆 HP 840/840 MP 52/52 LV 61

STATUS

STR 130 VIT 175 AGI 020 DEX 030 INT 010

EQUIPMENT

斷頭刀 skill 生命吞噬者 ｜ 怨靈之牆 skill 吸魂 ｜ 染血骷髏 skill 靈魂吞噬者 ｜ 染血白甲 skill 非死即生 ｜ 頑強戒指 ｜ 鐵壁戒指 ｜ 防禦戒指

SKILL

突刺 炎斬 冰劍 盾擊 步法 格擋 大防禦 嘲諷 鐵壁姿態 高階HP強化 高階HP恢復速度強化 低階MP強化 塔盾熟練X 防禦熟練X 衝鋒掩護X 掩護 抵禦穿透 反擊 防禦靈氣 防禦陣形 守護之力 塔盾精髓Ⅲ 防禦精髓Ⅱ 毒免疫 麻痺免疫 高階暈眩抗性 高階睡眠抗性 冰凍免疫 高階燃燒抗性 挖掘Ⅳ 採集Ⅴ 剃毛 精靈聖光 不屈衛士 戰地自癒

1121 6511 1627 4925

NAME 伊茲 HP 100/100 MP 100/100 LV 44

STATUS

STR 045 VIT 020 AGI 075 DEX 210 INT 030

EQUIPMENT

鐵匠鎚·X ｜ 鍊金術士護目鏡 skill 搞怪鍊金術 ｜ 鍊金術士風衣 skill 魔法工坊 ｜ 鐵匠束褲·X ｜ 鍊金術士靴 skill 新境界 ｜ 藥水包 ｜ 腰包 ｜ 黑手套

SKILL

打擊 製造熟練X 工匠精髓Ⅱ 高階強化成功率強化 高階採集速度強化 高階挖掘速度強化 異常狀態攻擊Ⅱ 躡步Ⅲ 鍛造X 裁縫X 栽培X 調配X 加工X 烹飪X 挖掘X 採集X 游泳Ⅳ 潛水Ⅴ 剃毛 鍛造神的護祐Ⅸ

3030 8825 2743 3535

NAME 奏 HP 335/335 MP 290/290 LV 30

STATUS

STR 015 VIT 010 AGI 040 DEX 035 INT 110

EQUIPMENT

諸神的睿智 skill 神界書庫 ｜ 方塊報童帽·Ⅷ ｜ 智慧外套·Ⅵ ｜ 智慧束褲·Ⅷ ｜ 智慧之靴·Ⅵ ｜ 黑桃耳環 ｜ 魔導士手套 ｜ 神聖戒指

SKILL

魔法熟練Ⅵ 中階MP強化 中階MP減免 中階MP恢復速度強化 低階魔法威力強化 火魔法Ⅳ 水魔法Ⅲ 風魔法Ⅳ 土魔法Ⅱ 闇魔法Ⅱ 光魔法Ⅲ 魔導書庫

2128 0779 2864 5999

NAME 霞 HP 435/435 MP 70/70 Lv 58

STATUS

STR 170 VIT 080 AGI 090 DEX 030 INT 020

EQUIPMENT

無銘刀 櫻色髮夾 櫻色和服 靛紫袴裙

武士脛甲 武士手甲 金腰帶扣 櫻花徽章

SKILL

一閃 破盔斬 崩防 掃退 立判 鼓舞 攻擊姿態 刀術X

一刀兩斷 投擲 高階HP強化 中階MP強化 毒免疫 麻痺免疫 中階暈眩抗性

中階睡眠抗性 低階冰凍抗性 低階燃燒抗性 長劍熟練X 武士刀熟練X 長劍精髓II

武士刀精髓II 挖掘IV 採集VI 潛水V 游泳VI 跳躍VII 剃毛 望遠 不屈

劍氣 勇猛 怪力 超加速 常在戰場

5615 1896 1080 8803

NAME 麻衣 HP 35/35 MP 20/20 Lv 28

STATUS

STR 335 VIT 000 AGI 000 DEX 000 INT 000

EQUIPMENT

破壞黑鎚·VIII 黑色娃娃洋裝·VIII

黑色娃娃褲襪·VIII 黑色娃娃鞋·VIII

小蝴蝶結 絲質手套

SKILL

雙重搥打 雙重衝擊 雙重打擊 低階攻擊強化 巨鎚熟練IV

投擲 遠擊 侵略者 破壞王 以小搏大

5272 0557 2241 2738

NAME 結衣 HP 35/35 MP 20/20 Lv 28

STATUS

STR 335 VIT 000 AGI 000 DEX 000 INT 000

EQUIPMENT

破壞白鎚·VIII 白色娃娃洋裝·VIII

白色娃娃褲襪·VIII 白色娃娃鞋·VIII

小蝴蝶結 絲質手套

SKILL

雙重搥打 雙重衝擊 雙重打擊 低階攻擊強化 巨鎚熟練IV

投擲 遠擊 侵略者 破壞王 以小搏大

Welcome to "NewWorld Online"

序章　防禦特化與第四階上線

全點防禦力而不小心變成強力玩家的梅普露，創立菁英型小公會【大楓樹】，在第四次活動公會對抗戰中跌破眾人眼鏡奪得第三名。獲得獎品——第四階的通行證，並與各個大公會玩家互加好友之後，目前正在等待新地區上線。

活動結束後一個月又幾天，剛進入十月的某日。

這天是眾玩家引頸期盼，NewWorld Online推出第四階地區的日子。

梅普露也是其中之一。不用ＩＤ莎莉的好友理沙邀約，她也會在伺服器更新完就立刻登入吧。

梅普露來到【公會基地】，尋找莎莉的身影，並很快見到她在沙發上揮手。

「我來嘍。要現在就走嗎？」

「第三階魔王靠妳應該沒問題……那就打打看吧。妳也很想打吧？」

「想想想！」

莎莉只有找梅普露，所以【大楓樹】裡只有她們倆上線。

其實就算先一步到更高層去，晚點還是要幫其他成員打魔王。【大楓樹】是菁英型小公會，隊上缺了梅普露和莎莉，戰力勢必大幅改變。

然而她們還是擋不住對新地區的好奇心。

沒請莎莉調查第三階魔王長什麼樣，梅普露就開【暴虐】背著莎莉衝進野外，奔向地城了。

大家都已經知道這頭怪物就是梅普露，藉機械飛行的玩家們不再誤以為她是怪物而出手攻擊。

吸引很多注意的部分倒是沒變。

梅普露一路輾壓地城裡的怪物，抵達魔王房門前。

「莎莉，我們到嘍～！」

「ＯＫ～！趕快解決掉吧。」

梅普露維持【暴虐】姿態開門入內，見到房間深處有個高過她兩倍鋼鐵魔像。

假如魔像有意識，見到進門的是怪物，臉一定會當場刷白吧。

可惜實際上沒有這種事，魔像不慌不忙地迎擊這兩名入侵者。

見狀，莎莉立刻打出絕招。

「朧！【幻影世界】！」

莎莉在第四次活動中也用過這個魔法。能造出三個能力與目標相同，會自主行動的分身，持續三分鐘。

莎莉讓朧使出的魔法效果，使梅普露變成了四個。

四個梅普露包圍衝過來的魔像就是一陣亂打。

魔像也有抵抗，但傷不了據說防禦力快破萬的梅普露。

莎莉見狀便放心地坐下來，摸起魔寵朧的頭。

可是沒多久，她的注意力就被梅普露緊張的叫喊拉了回去。

「莎莉！現在怎麼辦！」

「咦？怎麼了？」

「我打不出傷害耶！」

「咦！」

莎莉查看魔像的血條，還真的完全沒減。

官方也是會應變的。

想出可以抑制【暴虐】狀態的梅普露，且不會大幅影響其他玩家的方法。

不是設置像【銀翼】那樣攻擊力強得亂七八糟的魔王，而是防禦力超高的血牛。

梅普露的天敵不是火力超高的魔王，而是同類型的對手。

她沒有穿透攻擊。

主要攻擊手段是毒，只要對方抗性夠就派不上用場。

魔像傷不了梅普露，但也不會輸給她。

這就是官方為了讓梅普露無法單挑這個魔王而想出的對策。

「這樣就只能靠我來想想辦法了。」

莎莉掌握狀況後，抽出匕首奔向魔像。

戰鬥持續了三十分鐘。

莎莉以【劍舞】將攻擊力升滿，才終於了結這場戰鬥。

「唉……應該先看清楚魔王防禦力的。」

「呼……有夠難打。」

原想趕快攻克魔王，看看第四階長什麼樣的兩人出師不利，但很快就振作起來，撿拾掉落物前往第四階。

「會是什麼樣的地方啊。」

「不知道。妳看，看得到了。」

莎莉向前跑，梅普露趕緊跟上。

第四階是永夜之城。

紅藍雙月，懸在星光斑斕的夜空中。

這是至今最大的城鎮，全城都是木造建築，瀰漫濃濃的東洋氣息。

城中有水道，燈火靜靜地打在道路上。

中央不知幾層的醒目高塔，令人急著想一探究竟。

「去探險吧？走吧走吧？」

「好啊，不過我們先去找基地。」

「唔，也對。」

只要找到【公會基地】，就能取用在其他階層存放的道具，也可以傳送到其他階層的基地。

所以來到新階層，第一個該做的就是找出基地。

梅普露和莎莉壓抑雀躍的心，往基地出發。

兩人找出【公會基地】的位置就立刻進去繞一圈。可供個人使用的房間鋪了榻榻米，相當於大廳的位置有地爐和火缽等擺設，和第四階的和式氣氛相契合。

看完以後，莎莉注意到【大楓樹】其他成員也上線了。

「梅普露，其他人也上了耶。」

「那我們去幫忙推王吧！呃，我好像只能用【獻身慈愛】保護他們耶。」

「已經很夠了啦！走吧！」

兩人延後探索第四階，又返回第三階。

魔王戰在獲得【獻身慈愛】保護的結衣和麻衣穿透攻擊猛攻下，轉眼就結束了。

「果然……沒我們的事。」

「克羅姆，你可以當作省下體力來探索第四階喔？」

同樣無事可做，只能看著魔像慘死的霞聽見克羅姆的呢喃而回應。

「好期待新材料喔。希望怪物不會太強。」

「我這次沒做到事，就來幫妳吧。」

奏一邊打亂在觀戰時拼好的魔術方塊，一邊對伊茲提議。

「那就先謝謝你啦。」

純粹旁觀的四人告訴自己全員出擊的魔王戰就是這麼回事，跟上揮手表示戰鬥結束，迫不及待想探索第四階的梅普露。

一行人就這麼來到新城鎮，各自分頭逛街去。

晚點分享自己的見聞，即可掌握這大城的全貌。

◆□◆□◆□◆□◆

梅普露獨自漫步，東張西望地尋找值得注意的東西。

不久，一座掛上「壹」字大招牌的紅色大鳥居出現在視線裡。

要穿過其底下時，她聽見「准許通行」的系統語音。

「嗯……所以是可以過去吧？」

梅普露慢慢伸出一隻腳，確定什麼事也沒有後一口氣跳過鳥居底下。

「對喔，我有通行證嘛。不曉得可以通行到哪裡。」

她在前次活動打進前十名而獲得高階通行證，使她能夠往更深處前進。

沒錯。在第四階城鎮需要相應的通行證才能通過鳥居，進入城鎮中央。

沒有通行證的玩家，就需要解任務取得通行證了。只有活動前十名的玩家享有直接探索的權利。

而且愈接近中央，發現好裝備和好技能的機會就愈高。

城中各處設有小船或人力車，只要付錢給ＮＰＣ，就能搭到各個站點，於是梅普露在通過標示「貳」的鳥居時決定改搭人力車。不只是因為距離頗長，她自己也想坐坐看。

「好快喔～！爽耶爽耶！」

車速比梅普露自己走快上太多，人往城中央快速前進。

最後在標示「陸」的鳥居前下了車。

想穿過鳥居，卻遭到微微發光的半透明屏障阻擋。她的通行證寫的是「伍」，無法通過鳥居「陸」。

「呃……離那座高塔還很遠耶……有沒有哪裡可以提升通行證等級啊？」

梅普露暫時放棄繼續前進，先找間店看看。

「打擾了……喔喔，好多和服喔！」

店裡擺滿了霞平常穿的那種和服。

「在這裡好像比較適合穿這種……」

於是梅普露就地大換裝。她將開打時再換上就好的塔盾和短刀全部卸下，完全進入觀光模式。

最後穿著以拿手技能【毒龍】為概念的紫色和服走出店門。

「再來要去哪裡咧～？」

心花朵朵開的梅普露繼續逛街。

梅普露接著來到的是陳列著居家擺設的店。

老闆是個男性ＮＰＣ，坐在最裡頭。

各種古壺、掛軸和桌椅洋洋灑灑地陳列著。

這些道具都可以用來裝飾【公會基地】的房間。

「這些都很好嗎？價格好貴喔……不懂耶。」

梅普露本身對家具沒什麼興趣，怎麼看也看不出個所以然，便毅然選擇離去。

這時，坐在裡頭的年邁老闆對她說話了。

「小姐……要不要看看一隻壺再走啊？」

「問我？嗯……怎麼辦咧。」

雖然沒興趣，人家都開口了，不看好像有點對不起人家，於是決定姑且一看。

「請跟我來……」

老闆打開裡頭的門，請梅普露進入沒有擺放商品的房間。

跟著進去以後，老闆對她展示手掌大小的有蓋小壺。

「就這個？嗯……不需要耶。」

話剛說完，梅普露的面前跳出了藍色面板。

「嗯？有任務！」

有任務就另當別論了。

遊戲裡有很多屬性達到一定數值才會觸發的任務，對於全點防禦而不太能遇見任務的梅普露而言，沒有不接的道理。

這使得她沒多看任務名稱就按下接受。

「那麼……就請妳做我的最後一隻吧。」

老闆壺蓋一開，就把梅普露給吸進壺裡去。

「咦！哇！」

梅普露想藉任務名稱來猜想這會是什麼樣的任務，但她就是想不起「壺中之王」四個字。

◆□◆□◆□◆□◆

短瞬的漂浮感之後，梅普露一屁股摔在地上。

「哇哇！這、這是哪？」

梅普露查看四周。

這裡很暗，地面一片平坦，遠處有很陡峭的無機高牆。往上看也是黑漆漆的，只知道上頭很高，沒看見類似出口的地方。

場地寬到她不會想走遍每個角落看看。

「……嗯？有東西來了？」

梅普露手搭在眉上瞇起眼往遠處望，發現有很多外殼堅硬的紫色巨蠍、蜈蚣，甚至有披覆甲殼的蜘蛛，大批往她衝來。

速度很快，眼看著愈來愈大。

「哼哼～打倒牠們就好了是吧！被我看出來啦！」

梅普露動手抽取腰間的短刀。

「啊！沒、沒裝備！」

她是在觀光模式下落入戰場，短刀和塔盾都在道具欄裡。

「呃……呃呃呃！」

梅普露急忙叫出藍色面板，東點西點。

可是她緊張得一直點到無關的道具，浪費很多時間，這又使得她更加緊張。最後，她在按下結束變更裝備的按鈕之前，被速度最快的巨螯鉗住身體舉了起來。

「呃，討厭啦！等、等一下！暫停暫停～！」

即使被巨螯鉗在半空中而無法動彈，巨螯的攻擊也完全傷不了她。無論是使盡全力用螯去剪，還是用尾巴的毒針來刺，全都一點作用也沒有。然而，梅普露在這種狀況下還是很緊張。

「等一下！放我下來！這樣不行啦！」

沒錯，梅普露本身是不會有事，但剛買的和服就不同了。

「會破會破啦！討厭……哇噗！不要吐毒液！」

蜈蚣將頭抬到梅普露上方，滿口紫色液體往她流下去，這還是對她沒有影響。

不過同理，對裝備的影響就非常大了。

她再度嘗試更換裝備，可是在完成之前，本來就不適合戰鬥的衣服不堪一擊，轉眼就化為了光。

「啊…………」

梅普露放棄掙扎，氣得嘟起臉頰猛甩腳。現在已經不必急著換裝，她便淋著毒液慢慢地換。

穿上平時一身黑的裝備後，她盡可能地甩動手臂，用塔盾砸巨蠍的螯，成功脫離了束縛。

「哇……好多喔。」

梅普露在蜈蚣的毒液瀑布裡嘟噥。

眼裡是她被擒時蜂擁而來的大批毒蟲。

「唔～我絕對要把你們全部幹掉。」

梅普露哀悼著化為光的和服叫出【獵食者】，發動【獻身慈愛】。

「【全武裝啟動】！」

鏗鏗鏘鏘的聲響中，【機械神】的各式武器從她身上伸展開來。

「【開始攻擊】！」

接連不斷的砲火全都擊中了怪物，但遭到甲殼彈開。

「唔咦！非用魔法不可嗎……可是毒更不行吧……」

所有怪物都有紫色甲殼包覆，原本不應有甲殼的蛇等生物也不例外，看得梅普露拉長了臉。

「好硬喔……怎麼可以這樣！很難打耶！」

梅普露的砲火和【獵食者】的啃咬，使離得最近的巨蠍受到最多攻擊。牠紫色的甲殼在梅普露眼前破碎，露出似乎十分柔軟的部分。
「好耶！比想像中更快敲破！【流滲的混沌】！」
梅普露往柔軟處射出蛇怪大肆啃咬，巨蠍很快就化為光了。
由此可知毒蟲的ＨＰ應該都不高，但數量實在很多。
全部打倒需要不少時間，而【獵食者】正持續遭受傷害。
「對了！……先把【獵食者】叫回來……」
梅普露召回兩條護衛，將一身槍砲全部朝下，把自己轟上高空。
「糖漿！」
然後在空中叫出糖漿並立刻【巨大化】，使其飄浮。
飛得比糖漿高的她掉在正下方的糖漿背上。
「嘿嘿嘿，糖漿謝謝喔。」
梅普露摸摸穩穩接住她的龜殼，對糖漿下令：
「那個，叼住這邊。」
糖漿依照吩咐，叼住梅普露的小腿。
「很好很好～」
接著讓原本與地面平行的糖漿轉成頭下尾上。

梅普露自己也隨之變成倒吊，所有武器指向地面。

「【開始攻擊】！先把所有怪物的殼都打碎！」

光束與槍林彈雨灑向地面。

「好像夾娃娃機喔。」

梅普露用【念力】操縱糖漿在天上盤旋，將攻擊灑向每個角落。

在看得見地面的情況下，讓梅普露可以確定醒目的紫色甲殼是否擊碎，持續滴水不漏的轟炸。

「好……再來就是回到地上直接幹掉！」

不必再待在空中的梅普露將糖漿叫回戒指，轉個身由腳落地。

「這次要一口氣解決掉……準備受死吧～！」

怪物紛紛用消失前的哀嚎回答梅普露。

梅普露的攻擊，全都紮實地打傷失去甲殼的怪物。

怪物們傷害不了她，戰鬥很快就以梅普露的勝利作收。

「好！最後一隻！」

當梅普露的槍彈打倒最後一隻怪物後，眼前轉為一片漆黑，回過神時人已經回到店裡頭了。

「老闆……不見了？喔！」

梅普露眼前出現任務完成的面板。

同時獲得一項技能。

「【蠱毒咒法】？這什麼？」

【蠱毒咒法】

毒系攻擊有10％機率造成即死效果。

此效果不會遭受抗毒技能抵擋。

「喔……喔～？是喔……也就是說可以不管【毒免疫】了。」

由於近來擁有【毒免疫】或【抗毒】的玩家和怪物日漸增多，【毒龍】變得愈來愈不好用，現在有了【蠱毒咒法】就能讓擁有【毒免疫】的玩家「即死」了。如今【毒免疫】將不再是對付梅普露毒系攻擊的完美對策。

「有機會就試試看好了……現在先……」

梅普露離開這間老闆銷聲匿跡的店，踏著不算輕快的腳步前往另一間店。

「嗚嗚……要重買一件了。」

梅普露緬懷著溶掉的和服，再買一件同樣的。

「玩得開心就好！開心就好！」

她將這當作取得技能的必要經費，再度踏上街頭。

第二章　防禦特化與霞

來到第四階幾天後。

探索得差不多了的【大楓樹】成員們，聚集在【公會基地】分享成果。

「我大多是到野外去練等級解任務，怪物大部分是日本妖怪那樣，會用魔法的怪物變多了。」

伊茲點頭同意克羅姆的話，也說：

「我也是都到野外去蒐集材料，如果沒人幫忙打怪的話撐不了多久。」

「我是和結衣跟麻衣一起從鳥居『壹』開始逛，在多半會被人直接忽略的地方找到一些任務，還有一些東西到了比較裡面的地方就沒得買，我把這些資料傳過去喔。」

奏跟著將詳細的地圖資訊傳給所有成員。

「這裡真的好大，我跟結衣逛得好累喔……」

「畢竟是目前最大的城嘛。」

大夥一一說明自己獲得的資訊，而止步於鳥居「陸」的部分依然不變。

「那梅普露呢？」

當中，莎莉問道。

「我拿到即死技能，還買了和服喔！」

「……嗯，晚點再慢慢聽妳說好了。」

莎莉從這句話發現梅普露又自個兒找到怪異技能，決定先不多問。

「總之這樣我就懂了，大家都接近中央很多了吧？」

接著開始談通行證的事。

首先可以確定的是，在沒有通行證的狀況下只能探索這個城的一小部分。

要往更深處前進，就得做些麻煩的任務提升通行證等級。

克羅姆和霞似乎已經知道了，而沒有積極蒐集這類資訊的梅普露，是第一次聽說任務的事。

「所以我們的通行證很厲害？」

「是啊，我想是很大的優勢。」

可以跳過好幾層大多數玩家無法避免的大工程，肯定是非常有利。

後來他們開始聊自己在哪裡發現了怎樣的任務，結果沒有一個人想挑戰梅普露接的任務。

「有新發現再集合吧！」

梅普露這麼說之後，眾人便回去做自己的事。

◆□◆□◆□◆□◆

第四階城鎮比過去各城鎮大上好幾倍，所有人繼續探索了好久也仍看不見終點。到了開始探索好幾天之後的某個下午。

梅普露來到【公會基地】喘口氣，喝伊茲泡的紅茶和她聊天。

「怎麼樣，探索有進展嗎？」

「沒有耶……真的好大喔。」

「我也是到處在找材料……可是有的東西只有一間店有賣，沒辦法到裡面去。」

儘管【大楓樹】成員有等級較高的通行證，可以早早就進入城鎮深處，但也表示需要探索的區域比別人多，還需要到野外去。

光是收集材料，要做的事就比以往多上好幾倍。

「而且可以製作的道具也更新嘍。只是現在材料還不夠量產，到時候再給你們試試看吧。」

「好！」

聊著聊著，基地的門打了開來，克羅姆及結衣和麻衣進來了。

「喔，伊茲啊？正好正好，我作任務的時候打到一些妳要的材料，先給妳。」

「謝啦。對了，你要不要也喝一杯休息一下再走？我這有第四階新增的飲料喔。」

伊茲笑咪咪地說。

「……第四階材料的名字大多好像很有事，下次再說吧，而且妳根本是想做壞事的臉。」

於是克羅姆點了普通的咖啡，結衣和麻衣則是可可亞。三人也和梅普露坐在一起。

「嘿咻……梅普露，妳逛得怎麼樣啊？」

「這裡實在好大，跑來跑去好累喔。」

聽梅普露這麼說，結衣和麻衣也感同身受地點點頭。

她們也是全點型，移動速度很慢。

「我和結衣……現在都是搭人力車。」

「雖然很花錢，可是真的好快好輕鬆喔。」

「因為任務的地點很分散嘛，而且店又很多。大部分都是賣房間擺設……但也不能不看。」

「那些家具都好貴喔……我看一看就夠了。」

「有的任務會需要花錢，也沒那個閒錢呢。」

梅普露自己倒是買了不少，全都是消耗品。

「既然有房間，我也買點東西來擺好了。」

基地裡有每個成員自己的房間。梅普露不喜歡房間空空的，在各階層都買了點家具來擺。

不久，莎莉、奏以及似乎一直待在自己房間裡的霞也都現身了。

「啊，你們也來了！喔～都到了耶！」

「有要做什麼嗎？」

梅普露向莎莉轉達他們的話題後，莎莉也開始聊城鎮的事。

「我都只有看更新哪些道具，還有去野外作任務的時候順便看看一些比較可疑的地方而已耶。」

「我記得的只有賣木製解謎玩具的店吧。很好玩喔，要玩隨時可以跟我借。」

奏說他全部都破解了，還問伊茲能不能做出更難的。

「我們現在對整個城鎮的了解還很少呢。梅普露，我再幫妳記一些妳可能會喜歡的喔。」

「嗯！謝謝！」

「都只是買戰鬥用的東西就太沒意思了嘛。梅普露會喜歡的店……不曉得這附近有沒有？」

霞跟著開啟地圖，點出幾個位置。

「了解了解……那我就去看看吧。妳已經這麼熟啦！」

「咦？還、還好啦，碰巧遇到的。頭一抬就看到了。」

霞匆匆收起地圖。

這時，伊茲也和奏聊到一段落，問霞想不想喝點什麼。

「不了，我要再去野外，這樣就好。」

「是喔，那妳加油。小心喔。」

全員目送霞離開後，梅普露忽然想到一件事。

「霞最近是不是都往野外跑啊？」

「會不會是跟我們一樣很缺錢？」

「我……我的錢包都空空的了……」

聽結衣和麻衣這麼說，梅普露覺得有點道理。

「……可是她農得這麼凶，應該沒問題吧？」

伊茲熟知材料和道具的行情，覺得有點不解，但這疑問很快就隨思考怎麼製造解謎玩具而淡去。

「霞應該不會亂來吧，我也要開工嘍！」

「現在就要幫我做啊？要難一點喔～？」

八個人又繼續隨自己的喜好，在第四階享受遊戲生活。

◆□◆□◆□◆□◆

到了深夜，打完怪的霞偷偷摸摸返回她在【公會基地】的房間，關上了門。

「啊……好幸福喔……」

霞的房間擺滿了這幾天在第四階的血拚成果，都快沒地方躺了。

全都是外觀搶眼的陶器或武士刀，完全不打算用在戰鬥上的東西。

NWO和現實不同，打怪就可以賺錢，花得凶一點也無所謂。

因此，霞可以說是有點買過頭了。

「再去逛一次好了！……可是不先賺點回來會出事。」

藍色面板所顯示的金幣數目已經來到頗令人不安的數值。

霞買的東西並不便宜，且大多還是相當高價。

然而現在仍是她至今最快樂的時刻。

「好想早點到裡面去喔，呵呵。」

霞這麼說，拿出偷偷升到「陸」的通行證陶醉地欣賞。

幻想著還沒有人踏入的領域會有多麼美妙的寶貝。

「好！馬上走！時間寶貴！」

霞將通行證收回道具欄，立刻衝出【公會基地】。

◆□◆□◆□◆□◆

十天後，霞在基地自己的房間裡盯著藍色面板的屬性畫面看。

正確來說，是盯著其中一點看。

「唔唔……」

霞這幾天不停購買不會加強任何能力的物品，幾乎花光了一直以來沒什麼花費而囤積至今的金幣。

金額竟高達【大楓樹】創立資金的五倍之多。

每過一座鳥居，就更接近第四階城鎮的中心。城鎮分為許多區域，由於城鎮本身就大，所以每一區都相當大。

儘管如此，霞還是將分布於各個區域中的古董行都逛遍了。

欣賞古董的時光，對霞來說是無比地幸福。

那股激情不僅是解開了荷包的繩結，還把它一刀兩斷了。

「好……這樣就夠買了。」

霞帶著又從怪物身上農來的資金離開基地，穿過標示「柒」的鳥居，進入一間店。

「很好很好，不會被人買掉真是太好了。」

能在店裡又見到自己已擺在房裡欣賞的古董，是遊戲世界才有的事吧。

霞買下一只房間裡還沒有的昂貴茶杯，錢又回到一瓶藥水都買不起的狀態了。

「客人平日這麼照顧小店……小店不勝感激。」

「嗯？不、不客氣。」

老闆至今未曾說過結帳以外的話，讓霞有點不知所措。

「該怎麼答謝您好呢……對了，就送您這個吧。」

老闆將一張陳舊的紙交給了霞。

「這是我道具保管庫的地圖……我已經去不了那裡了……您就隨便用吧。比起讓道具們擺在那邊不見天日，還不如給您的好。」

霞向老闆道謝後看著地圖走出店門。「在野外的……最邊邊？去看看嗎……？」

現階段城裡能買的全買透了。

錢幾乎是零，不必在意身上金錢減半的死亡懲罰。

更重要的是有機會獲得未知的寶藏，豈有不去的道理。

霞在處於永夜而總是陰暗的野外，不時查看地圖拚命往邊緣跑。

最後抵達的不是建築物，是個乍看之下毫不起眼的平地。

「這裡……喔不，還要往這邊一點？……這邊嗎！」

霞的腳踢中了稍微突出地面的把手。

若不是有地圖，沒人能在這樣的黑暗中找到這裡吧。

霞撥撥把手邊的土，用力拉扯。

孔蓋隨之開啟，捲起沙塵。更加黑暗的地下階梯映入眼中。

「……上吧。」

霞從道具欄取出來到第四階後買的燈籠，走下階梯。

在朦朧照亮周圍的橘紅燭光下，只有霞的腳步聲。

樓梯最後，是一扇鐵門。

「……好！」

她既緊張又期待地開門進去，舉高燈籠照亮周圍。

「什麼都……沒有？」

可是這瀰漫塵埃味的寬敞空間裡空無一物，也沒有任何聲音，燈籠除了地面什麼也沒照到。霞再四處照照，但依然沒有所謂保管庫的氛圍。

「是不是其他條件還沒滿？……不曉得耶。」

這時，不願太早死心的霞聽見物品毀壞的聲音。

「有……其他東西在嗎？」

霞拔出武士刀，小心翼翼地離開通往階梯的鐵門，往房間深處前進。

用燈籠照亮先前漆黑不明的部分。

見到幾樣物品的殘骸。

有斷刀、破壺、碎裂的水晶球等。

其中央，有把散發淡淡紫光的刀浮在半空中。

毀壞聲就是刀接觸其他物品時響起。簡直就像被刀吃了一樣。

「……要來了？」

刀尖注意到霞似的轉了過來，霞也舉刀相向。

刀跟著將她視為敵人，刀身纏附冉冉升起的紫色光輝。

剎那間刀身一顫，房間頂部和地面出現紫色火團，不提燈籠也能看得十分清楚。

霞即刻後退收起燈籠，而刀還不攻來。

「不攻擊嗎？……不行，不能大意。」

霞從刀感到一股不祥的氣氛。

而這預感果真沒錯。

因為下一刻，刀就朝霞高速射了過來。

「呼……！」

霞短呼一聲，與飄浮的刀對砍。浮在空中的刀路線變化自如，很難預測。

「幸好……有跟辛恩對打過……！呼！」

霞回想著在前次活動中對戰【炎帝之國】強敵時的感覺揮刀。

遭到紮實抵擋的刀鏗一聲彈開。

霞再次拉開距離，觀察刀的行動。

但是，刀在霞專注緊盯當中忽然消失了。

「什麼……！啊？」

接著出現在她眼裡的，是從胸口長出來的紫色刀刃。

不，不僅如此。

雙腳、腹部、手臂，全身各處都被刀刺穿了。

這樣的攻擊，和她曾經見過——不，曾經用過的技能很像。

接著睜開眼時，霞已經回到第四階城鎮大門後的廣場。這裡是第四階的重生點。

「……呵、呵呵呵呵。有意思……我一定要在別人拿到以前幹掉它！怎麼可以輸給區區一把刀！」

霞滿懷不甘與鬥志，開始思考對策。

◆□◆□◆□◆□◆

幾天後，霞熟門熟路地來到刀的位置。

這也是當然的。她已經挑戰超過五十次了。

「……好，再來。」

霞走下階梯進入房間，刀一如既往地等著她。

「…………」

她默默抽刀，回想著飛刀接下來的動作與之對砍。

金屬敲擊聲在陰暗的房中陣陣迴盪。

霞一面注意刀上方的血條一面揮刀。

「【跳躍】！」

見到刀的血條稍微減少，她便往前一跳。

緊接著，許多刀刃刺穿了她原來的位置。

每當這把刀ＨＰ下降到一定程度，就會有特殊行動。然而行動模式很多種，想完全掌握是極為困難的事。能輕易削光霞ＨＰ的攻擊力，也是她死這麼多次的原因之一。不過都挑戰到現在了，躲避這種攻擊當然不成問題。

「【第一式・陽炎】！」

霞再度縮短剛拉開的距離砍過去，並向右一步。

因為她知道會有刀從地面刺出來。

霞繼續應付著刀，以刀為中心一步步繞圓移動。

每次移動後一秒，都有刀從地面刺出。

一停下來就會遭受致命傷，且這種刀要滿足一定條件才會消失，走錯一步就會失去勝機。

光是為了找出正確的移動方式，就花了她很多時間。

正好繞完一圈時，刀的ＨＰ也下降到了定值，切換到下一種行動模式。

地面不再有刀刺出，改成頂部噴下紫色火焰。

被它燒到，ＡＧＩ在十秒內就會歸零。

刀本身也改成高速飛行，顯然在ＡＧＩ降低的情況下無法閃避。

過去讓霞最頭痛的就是這波火雨。

不管怎麼做就是撐不到下一階段。

因此，她重新檢視自己能用的所有技能，思考如何突破。

「【最終式・朧月】。」

結論就是被摺倒之前先摺倒對方。

高速的十二連擊要將刀砍斷似的猛劈。

即使見到刀的血條快速縮短，霞的表情也沒有任何喜悅。

這波十二連擊使刀的行動模式一口氣跳過三階，帶到最後階段。

血條還剩一絲絲，而這是必然。

無論用多強的攻擊削減刀的ＨＰ，在什麼階段發動，都會在這時候剩下這一小段。

【刀術】技能中的【朧月】是霞的絕招，使用後會在一定時間內使霞的屬性減半，且不能使用【式】系列所有招式。

最後階段，在這種狀況下到來了。

霞就是無法繼續突破，才會挑戰超過五十次。

「…………」

刀瞬間移動到房間最深處，刀身光輝比過去更強更詭異。

幾乎要吞噬霞的飄搖火焰升至房頂，當它消失時，雙方兩側各多出一道火牆圍成一條路。

長二十五公尺，寬三公尺。
霞必須衝過這段路，給刀最後一擊。
「呼！」
她短呼一聲，邁開稍微變慢的腳向刀奔去。
前方有無數刀刃飛來，兩側的牆還會定時噴火。
一停下來，下方就有刀刺出。
距離很近，卻又十分遙遠。
「喝！」
霞以自己的刀稍微架開飛來的刀，持續前進。
火焰會吃光她的ＡＧＩ，非避不可。地面的刀威力也強得碰也碰不得，但飛刀就不同了。
在血全滿的狀況下，可以承受三次。
霞順利通過前半段時，身體告訴她時機到了。
「【超加速】！」
她要用保留至今的【超加速】突破攻擊將倍加劇烈的地帶。
昨天霞甚至暫停攻略，拜託莎莉和辛恩幫她鍛鍊閃避飛刀的技術。

多虧於此，刀的路線比過去都還要清楚。
然而距離縮短和加速也使她來不及閃躲飛刀，只能承受。
「跟你拚了……！」
飛刀挾帶衝擊，刺中她左肩、右腹與左大腿。
怵目驚心的紅色特效如鮮血般飛散。
霞身受重傷也毫不退卻，勢如修羅。
握刀的右手向前突刺，刺中對方刀身。
同時刀失去光輝黯然落地，收入憑空出現且貼滿符咒的刀鞘裡。
紫焰和刺在霞身上的刀刃全都消失，房間恢復陰暗。

「…………」
霞伸出手，拾起地上的刀。
「呵呵……哈哈哈！好啊，我成功了！終於成功啦！」
並帶著滿臉壓抑不住的喜悅，查看這個似乎能裝備的道具。

「蝕身妖刀・紫」
【ＳＴＲ　＋30】

【妖刀】
【自我修復】

【妖刀】
裝備時會增加五項技能，各以降低ＨＰ、降低ＭＰ、屬性暫時降低、屬性永久降低、身體限制為代價。

【自我修復】
收入鞘中時，會逐漸恢復耐用度。

「來找個適合的怪物試試看吧！」

霞立刻裝備妖刀，尋找適合試刀的高ＨＰ怪物。

沒走多久便發現目標。

「很好很好，這隻血應該很多沒錯。」

霞拔刀出鞘，這時刀身冷不防噴出紫煙，包住了她。

「喔……？嗯？」

煙很快就隨風而逝般消失，霞發現自己身上出現明顯改變。

在於她的服裝。

下半身變成深紫色的袴褲，而上半身除了纏住胸部和雙臂的綳帶以外什麼也不剩。

手上的綳帶和刀不斷流出紫煙，向後曳散。

「………」

霞試著收刀回鞘但難得失敗，冷靜下來慢慢收回去。

接著霞又被紫煙包圍，服裝恢復原狀。

「我、我習慣得了嗎？可是……就只有綁綳帶……」

難得獲得最頂級裝備，怎能不用。

於是霞乾咳兩聲，面泛紅暈重新拔刀。

她決定先試字面上最難懂，以身體限制為代價的技能。

「【紫幻刀】！」

霞的肢體速度獲得技能強化，直線攻向怪物。

以右手揮刀劈砍。

並隨技能預設動作放開了刀，刀消失以後出現在左手邊。

霞握刀再砍再放手，用重新具現於右手的刀再砍。

以右手開始的交互揮刀在前進當中連擊十次，將對方砍飛。

最後又放開了刀，雙手在胸前大聲合掌。

十把刀隨聲射出。

圍繞在怪物周圍，同時刺向怪物。

共計二十連擊。只是血多一點的怪物根本無力招架。

招式放完以後，刀回到了她的右手中。

「好棒喔……真棒。」

只要不介意服裝就完美了。這麼想時，又有一團紫煙包圍了她。

「唔……啊，消失了。哎呀，刀怎麼掉了呢……？」

霞伸手撿刀時，發現手變得很小。

「唔……嗯？」

袴褲有系統限制無法脫除，但變得非常鬆垮，胸部和手臂的繃帶也都鬆脫了。

現在身高連一二〇公分都沒有吧。

「這……」

還在查看現狀時，又有一隻怪物朝霞接近。

怪物可不會管她行不行。

「喔……！喂，等一下！我現在很可愛耶！應該吧！放過我！唔……呃。」

怪物不聽她求饒，馬上送她回重生點。

回到城鎮時，繫刀帶和繃帶都已經綁回去了，但身材依然嬌小。
霞開啟屬性畫面。
「要維持十分鐘啊。」
只好咬著牙，拖著長長的袴褲坐到附近的長椅上去，並閉上眼睛阻隔周圍視線等待時間到。

◆□◆□◆□◆□◆

獲得妖刀的霞繼續專注於提升通行證等級上。
相對的，在那一星期之後的梅普露卻趴在【公會基地】桌上。
「莎～莉～我的通行證升不上去啦……」
梅普露對坐在對面的莎莉訴苦。
「是啦，妳來做比較花時間。」
這是因為想提升通行證等級，就得城裡城外到處作跑腿任務的緣故。
而任務內容有採集有打怪，各式各樣。
霞這麼快就升到「柒」純粹是特例，一般而言需要不少時間。
梅普露為了防禦力犧牲很多，速度比普通人還要慢上不少。

莎莉的通行證已經是「柒」，梅普露還是當初的「伍」。

「好想趕快到裡面去喔……」

梅普露如此嘟噥時，第四階整體發生了能夠清楚聽見的地鳴聲。

「怎、怎麼了？」

「不曉得耶……喔？」

梅普露和莎莉同時收到系統公告。

兩人都點開訊息查看。

【第四階城鎮因玩家突破鳥居「玖」而恢復原貌，全城新增任務及道具。】

「莎莉，我們出去看看吧！」

「嗯，去看看吧。」

兩人一離開基地就見到明顯異變。

「喔喔……？那是……」

「嗯……看起來……是鬼耶。」

有許多鬼之類，一眼就能看出不是人的日本妖怪在街上昂首闊步，每個都像是本來就住在這裡的樣子。城中各個角落都開始販售寫有怪異文字的道具或奇怪藥物。

原來第四階是妖怪與咒術之城。

「莎莉？這種的妳不怕嗎？」

梅普露指著飄飄晃晃的鬼火問。怎麼看都是莎莉會怕的東西。

「他們沒有逼過來，也沒有嚇人……當作沒看到就好了。」

不過她畢竟不喜歡那種東西，表情算不上沒事。

莎莉警戒著飄過身邊的鬼火問：

「突破的會不會是霞啊？」

「就是說啊，她好像衝得很快耶。」

兩人開始想像霞會在什麼樣的地方。

而她們還真的猜對了。

霞癱坐在標示「玖」的鳥居後沒幾步的地方。

通過鳥居那剎那，眼前街景忽然湧出大片紫煙，伴隨誦經般的聲音和炫光，還有妖怪不停冒出來經過身邊，嚇得她腿軟到只能坐在地上愣愣地看著這一切。

接到公告以後，才明白發生了什麼事。

「原來是這樣……嘿……呼……」

霞站起身，環視新區域。

「這次的鳥居好近啊。」

鳥居「玖」之後，就只有一條路。

霞跟著妖怪們走過這條兩旁也有店家的大道，最後來到遠遠就能看見的高塔下。

入口之前，設了標示「拾」的鳥居。

鳥居旁有面立牌。

【下任塔主將交由取得赤鬼角、龍逆鱗與天露者擔任。】

霞讀過立牌，回想自己收集到的眾多道具。

「以前買過的道具裡沒有這些東西……既然有新增道具，就要再回去找了吧。」

她就這麼興高采烈地一間又一間地找新道具，順便打探那三樣道具的消息。

其他玩家也是一樣。在大幅變樣的街道上擠滿了一窩蜂地尋找新道具的玩家和各種ＮＰＣ妖怪，原本寧靜的城鎮變得十分熱鬧。

梅普露和莎莉一起來到附近的店搜尋新道具。

先前還是人類的老闆，變成了長出狐狸尾巴和耳朵的女性。

「是她變的嗎？」

「大概吧。」

兩人將新商品一個個拿起來看。

光是這間店就有好幾樣沒見過的東西，有的實用，有的純粹是擺設。

「梅普露妳看這個。」

莎莉拿的是三張一組的符咒，用細繩捆著。

左手白色，右手黑色。

「兩種不同效果？」

「嗯。黑色可以隨機封鎖對象一個技能三分鐘。白色的是事先選一個技能，如果被封鎖到就能擋一次。」

莎莉跟著補充說兩邊都是有幾張就能用幾次，也就是三次。

「喔喔……這樣啊。」

「不過身上只能有黑白各一組就是了。」

「……總之先買起來放？」

「先買起來最好，不曉得會在哪裡用到嘛。」

反正買了也不吃虧，兩人都各買一組。

「莎莉莎莉！還有這種耶！」

梅普露拿的是裝飾用的角跟耳朵。

「戴一個看看？」

莎莉看到可以試戴的字樣便如此建議。

「嗯……啊！那我戴這個！」

梅普露選的是捲得圓圓的角。

「嗯……」

「變羊的時候很搭吧！」

「嗯！啊，羊啊……對對對。嗯，應該很搭吧。」

「那妳就戴這個吧！」

「咦？我不用啦……」

梅普露給她的是白色的狐耳狐尾組合。

「這樣跟朧很搭！」

「這個嘛……到沒人的地方再戴戴看好了？……戴尾巴有點害羞耶。」

莎莉心想等到玩家間開始流行這個再戴也無妨，和梅普露一起結完帳就出去了。

「我晚點有事要做，今天就到這邊下線嘍……」

「ＯＫ～！莎莉拜拜！」

「嗯，梅普露拜拜。」

莎莉渾身發光之後消失了。

單獨留下的梅普露開始想接下來要做什麼時，發現有個眼熟的身影出現在眼角餘光之中。

「啊，是蜜伊耶。那邊……有什麼嗎。」

梅普露見到蜜伊左顧右盼地看看四周後鑽進小巷，也跟了過去。

在上次活動認識以來，梅普露跟蜜伊常有往來，想跟她打個招呼。

拐了好幾個彎後，巷弄間傳來蜜伊的聲音。

即使沒必要躲，梅普露還是急忙站定，從角落稍微探頭偷看。

「好……療癒完再去打怪！」

說完，蜜伊叫出藍色面板更換裝備。

而且還使用了改變外觀的道具。

紅髮變成白色長髮，衣服也變成藍白色調，不仔細看認不出是她。

她平時紅色的印象太深刻了。

「好！」

蜜伊推開一扇門，走了進去。

「…………我看到不該看的東西了吧？怎、怎怎怎麼辦？」

原本只是想跟過來打招呼，結果變成偷窺了。

梅普露決定不會跟任何人說，並打算對蜜伊坦誠。

「總之……先看看那是什麼店……」

小小的招牌上，寫著【毛毛貓貓園地】。

「……好。呼……」

梅普露開門入內，在櫃台付錢後往裡頭走。

裡頭的房間有好幾隻毛茸茸的貓飄來飄去。

蜜伊坐在最裡面，表情鬆弛到極點。

但她一發現梅普露就立刻拿貓遮臉。

即使再怎麼變裝，面對熟悉的人也擺明是瞞不過去。

畢竟五官沒有改變。

梅普露來到蜜伊面前全部說出來，為自己意外窺見她的祕密道歉。

「沒關係啦，再說……我說不定也想讓人知道。一直演戲真的好累喔……啊哈哈……」

「真的很對不起。就當是道歉……有什麼我可以幫忙的就跟我說喔！」

「……那麼，等等來幫我打怪好了……」

梅普露爽快答應，繼續和蜜伊一起玩貓貓。

第三章　防禦特化與流星雨之夜

梅普露和換回紅色服裝的蜜伊組隊，前往城外。而蜜伊這邊已經恢復平時的演戲模式了。

「啊，對了。那個，妳為什麼要演戲啊？」

梅普露偷偷問，蜜伊也偷偷回答。

「就是，愈來愈難收拾那樣。」

「……那就當成我們的祕密吧！」

「呃……呵呵，謝謝喔。」

蜜伊露出安心的笑容，梅普露也對她微笑，兩人聊著天進入野外。

「我走得很慢，所以……【暴虐】！想去哪裡我都載妳去！」

「……要、要騎上去嗎？」

蜜伊從看起來很恐怖的腳爬到梅普露背上跨坐下去。

她作夢也沒想到自己會有騎這頭怪物的一天吧。

接著蜜伊對梅普露說出她的目的地。

「ＯＫ～我們走！」

猛然加速奔馳的怪物，比野外的怪物還像怪物。

跑了一陣子之後，兩人抵達目的地。那是個小小的廢村，破破爛爛的房子上貼了許多符咒。

「嘿……咻。【炎帝】！」

蜜伊爬下梅普露的背，拉伸筋骨發動技能。

空中隨之接連出現藍色鬼火，朝她們射出火焰，但蜜伊的業火先燒中它們。然而它們畢竟是用火的怪物，火焰抗性高，火球仍朝蜜伊不斷飛來。屬性不合也是沒辦法的事，蜜伊只好盡可能移位來降低傷害，這時梅普露發動技能了。

「【獻身慈愛】！」

梅普露的技能讓蜜伊完全不受任何傷害。

那對敵人來說是個噩耗，對自己人卻是可靠到足以遺忘迴避與防禦。

而實際上，蜜伊也真的完全不需要防禦了。

只要梅普露在她身邊，只要想怎麼削減怪物ＨＰ就好。

「……難怪打不贏。」

兩人邊走邊打，在附近的怪大致清光之後蜜伊已經沒力了。她們最後來到一座湖，蜜伊背對著湖癱坐下來。由於她們從晚上開始打，到現在已經快換日了。

「謝謝喔，梅普露。不好意思，要妳陪我打這麼久……」

蜜伊以真實的模樣抱歉地向梅普露道謝。不用注意怪物，還可以邊聊天輕鬆打，一不小心就玩過頭了。

「沒關係啦！不過今天差不多該下了……開始想睡了。」

在現實世界已是深夜，梅普露平時早已下線的時間。

「真的很謝謝妳喔，我也要下了。今天打得比平常更用力，感覺有點累。」

「對了！最後要不要再療癒一下？」

梅普露隨即解除【暴虐】，嘩啦啦地從怪物的肚子裡掉下來。恢復人形以後再使用技能，變成直徑超過兩公尺的軟綿綿毛球。

蜜伊緊張地伸手觸碰，覺得好軟好舒服。

「鑽進來看看吧？」

「咦！要鑽進去嗎……好、好吧……」

蜜伊既期待又怕受傷害地撥開毛球往裡頭鑽。

舒爽的柔軟羊毛包覆她全身上下，使她逐漸放鬆力氣。

「啊……好棒喔……」
「太好了～」
蜜伊一路鑽到梅普露上方，窩了十幾分鐘。
當她覺得自己已經徹底療癒時，兩人感到有股力量將毛球拉上空中，都嚇一跳。
「怎、怎麼了？」
「嗯嗯？」
兩人一起從毛球側面探頭出去。
毛球彷彿扯開重力的鎖鍊飄呀飄地，一路飄到湖上。
「梅普露，現、現在是怎樣？」
「我也不知道！」
到了湖的上方，毛球繼續升高。
「這是……事件？」
「大概吧？有我在是不用怕摔死啦……」
兩人升到離湖面約十公尺的上空時，湖面升起水柱包住她們。
剎那間，她們全身發光，瞬時傳送到了其他地點。
「我、我們先出去吧？」
蜜伊鑽出毛球，在毛球邊下來。

梅普露鑽不出去，請蜜伊燒光羊毛後落地。

不，正確而言不是「地」。

「這是哪裡？」

「梅普露……我們在雲上面嗎？」

梅普露腳下踩的並不是土。

而是軟綿綿的雲。

看過了腳下，梅普露改看空中。

「好多星星喔……」

群星燦爛眩目，令人不禁看得入迷。

「嗯，好美喔。會有流星雨的夜晚就是像這樣的夜晚吧？」

兩人就這麼欣賞起夜空來了。

梅普露愈看愈清醒，環顧四周問：

「……怎麼辦？要前進看看嗎？下次還不知道有沒有辦法再來……」

蜜伊贊成梅普露的提議，兩人往似乎翻得過去的矮雲牆另一邊前進。

片刻，她們來到一長條鋪於夜空當中的筆直雲道，路很長很長，感覺另一端很值得期待。

兩人在只能勉強供她們並肩走的窄路上邁開步伐。

「嗯？梅普露！上面！」

「上面？……【獻身慈愛】！」

梅普露再度使用先前解除的【獻身慈愛】，保護蜜伊。

緊接著，有個發光的物體墜落路面。

梅普露在光輝中後退避難。

如雨般墜落的物體也隨之停止。

兩人馬上就猜到是什麼東西砸了下來。

「被妳說對了，真的是會有流星雨的夜晚呢。」

「想不到會真的掉下來……」

「不曉得正常打到會多痛。既然我撐得住，應該走得過去吧。」

梅普露和蜜伊再度前進。

一顆顆墜落的流星全都被梅普露彈開。

「莎莉有辦法全部躲掉嗎？」

「不會吧，可以就太扯了……？」

流星一路上不停墜落。

不是可以邊躲邊前進的狀況。

走著走著，路的盡頭就快到了。

「有一顆特別大的掉下來了耶……」

說到一半，這顆大流星就砸中了梅普露，嚇得蜜伊忍不住閉上眼睛，可是梅普露依舊若無其事地向前走。

「一路暢通！到嘍！」

長長的雲道最後是一堵雲牆，牆腳開了個洞。

都來到這裡，沒有回頭的道理，兩人小心翼翼地進入洞中。

洞穴不怎麼深，很快就到達終點。

有道燦爛的光線注入洞中。

無聲無息，細如絲線。

另一端是雲朵所構成的容器。

「喔喔……」

「這是……」

兩人接近容器，碰觸容器所盛的光。

沒有碰觸物體的感覺，但兩人都獲得了一項道具。

「『天露』？」

「不曉得……有什麼用途耶。可能是某種材料。」

「蜜伊，妳覺得就只有這個嗎？」

「大概吧。路只有一條，沒有其他地方能去。」

梅普露也覺得是這樣沒錯，兩人決定就此結束探索。

「那今天就真的到這邊結束嘍！辛苦了！啊，下次有機會再一起玩吧？」

「嗯，好哇，我也想再跟妳玩。呼，那我要下啦。真的很謝謝妳喔，梅普露。」

意想不到的冒險就此結束，兩人各自下線。

隔天。

梅普露將她與蜜伊組隊和取得「天露」的事都告訴了莎莉。

「嗯……說不定是任務道具，先留著比較好吧？妳昨天去跟蜜伊逛地圖啦？」

「呃……是啊，因為發生了一些事。」

梅普露自己隨意亂逛而找到好東西是常有的事，莎莉也覺得她開心就好，沒有多問。梅普露也因為答應過蜜伊保密而打住，另找話題。

「我也是真的該把通行證的等級升起來了。」

在這個事情最多的階層，說每天都是活動期間也不為過。

「我也要趕快升到『拾』才行。我先在最裡面等妳喔。」

「嗯，我一定會追上妳！」

繼全服第一的霞之後，其他人也陸續通過鳥居「玖」。

十一月初，隨著其中一人公開資訊，玩家在這個城鎮的最終目的也揭曉了。

沒錯，就是蒐集那三樣任務道具。

【炎帝之國】的蜜伊和【大楓樹】的梅普露已經取得其中之一——「天露」，兩公會得以跳過蒐集資訊的階段，然而傾注於雲道上的流星雨威力超乎想像，使【炎帝之國】陷入苦戰。

於是梅普露不時在蜜伊請求下協助【炎帝之國】通關，讓他們都深切感受到她誇張的防禦力。

給她的報酬，也讓她乾癟的荷包變得肥嘟嘟。

另一方面，【大楓樹】則是全公會帶上去拿一次，後來莎莉再單獨攻略一次，輕鬆取得「天露」。只要有梅普露在，這區域只需要散步而已。

就這樣，大夥繼續尋找其他道具的所在地。

◆□◆□◆□◆□◆

幾天後，在玩家們努力不懈的探索之下，「天露」以外的兩樣任務道具所在地也揭曉了。

消息已在網路上傳開，搜尋一下就能輕易取得三樣道具的位置與守衛怪物的資訊。

地城沒有限制只能單打，不過難度相當高，目前全部取得的玩家是極少數。

「嗯……先不急，到時候我們再一起去，嗯。」

莎莉整理資料後，認為單獨做這些事太沒效益。

既然身邊有可靠的夥伴，沒有不合作的道理。

「好，來升通行證等級吧。」

莎莉要出基地時，門正好開了。

見到的是莎莉最近常見的人物。

「啊，妳剛好要出去啊～？」

那是【聖劍集結】的魔法師，芙蕾德麗卡。

她沒事就來找莎莉決鬥，然後輸回去，都快變成每日任務了。

目前是莎莉全勝，但芙蕾德麗卡擊中莎莉的機會也愈來愈高。

「是啊，我要去打小怪升通行證等級。」

「是喔……等也無聊，讓我來幫忙吧。趕快打完以後跟我挑一場！」

「好哇，那就趕快打一打吧。」

「我是想過很多戰術才來的喔～」

「妳每次都這樣說吧？」

「因為我的新戰術每次都被妳一次就破解，我也沒辦法啊～？妳讓我打中一下就好了嘛～」

芙蕾德麗卡知道莎莉的ＨＰ其實不堪一擊，而她又是擅長廣域攻擊的玩家。

因此莎莉無論如何都不能大意。

莎莉思考著這次該如何取勝，和芙蕾德麗卡一起踏上野外。

「魔法真的很方便耶。」

莎莉一隻一隻砍，芙蕾德麗卡則是用她擅長的彈幕連續轟炸。

見到這種畫面，總會讓人也想當魔法師。

莎莉現在幾乎只會用魔法製造障礙，偏折攻擊。

她是在ＭＰ差不多足夠了以後，將路線切換到攻擊力更值得期待的【ＡＧＩ】以及【ＳＴＲ】上。

比梅普露花更多時間在升級上的她，等級差距已經縮短很多。

現在來到34級。

「嘿！最後一隻！」

莎莉的攻擊有磁力似的命中怪物，削光血條。

同時升上35級，升級通行證的條件也完成了。

「嗯……嗯～呵呵！」

「有什麼好玩的事嗎～？」

「嗯，就只是剛好升級了而已。任務解決了，要開打了嗎？」

芙蕾德麗卡終於盼到莎莉這麼說似的用力點頭。

兩人同意決鬥後全身發光，在體驗過好幾次的感覺中傳送到與外界隔絕的空間。

接著設定準備時間，兩人之間瀰漫起戰鬥前特有的緊張氣氛。

開戰訊號響起的同時，莎莉直線奔向芙蕾德麗卡。

「喔？」

可是她不得不停住。

倘若芙蕾德麗卡像平常一樣先使出彈幕攻擊就容易應付了，可是這次的第一動是製造多重屏障阻擋莎莉的去路。

水牆沙牆圍繞著她一一升起。

「【跳躍】！」

即使沒見到攻擊，莎莉仍往左前方跳躍。

因為她有不好的預感，覺得有危險。
莎莉將自己交給了在上次活動練來的感覺。
她迅速穿梭於牆縫之間。
芙蕾德麗卡原想以風刃破壞牆堵造成面狀攻擊，現在派不上用場了。
莎莉的防禦力和ＨＰ都是初始值，即使是這樣亂來的攻擊，只要打得中就應該能打倒她。
「又在搞預知～！」
「才沒有那種事咧，嘿！」
莎莉直線奔向芙蕾德麗卡，芙蕾德麗卡也立刻定妥下一步計畫。
「「啊！」」
事情唐突地發生了。
兩人的聲音碰巧重合。
芙蕾德麗卡再度製造牆堵時，牆頭正好在莎莉腳尖前，絆到了她。
即使她因而脫離風刃的軌道，她也跌倒了。
「【多重炎彈】！」
芙蕾德麗卡見機不可失，身體在思考前就直接擊出她最熟悉的魔法。
莎莉只能以滾動方式閃躲。

接下來的景象，在芙蕾德麗卡眼中非常緩慢。

最後一顆炎彈被莎莉的肩膀吸過去般接近，然後炸開了。

有實體，所以不是【幻象】。

芙蕾德麗卡在霎時間得出此結論，想到自己終於獲勝。

「好耶～～！」

她用力擺出勝利姿勢，縮成一團的身體因狂喜而發抖。

獲得期盼已久的勝利，降低了芙蕾德麗卡的注意力。

因此，她沒注意到莎莉正在接近。當發現莎莉沒死時，匕首已經深深刺進她體內。

「奇、怪？」

「很可惜，妳空歡喜一場嘍？」

還來不及重整架勢，芙蕾德麗卡的ＨＰ就歸零了。

回到原來的野外前，她最後見到的是莎莉絲毫未損的血條。

「唔～？唔唔～？為什麼？」

「我才不會把這麼重要的機密告訴妳咧。妳是我的對手喔。」

「唔唔，是沒錯啦，嗯。下次我一定會贏，給我記住～」

芙蕾德麗卡揮手說拜拜，就此離去。

「……好險好險，真的不能放鬆耶。」

說完，莎莉注視自己技能畫面其中一點。

【金蟬脫殼】

每天可抵消致死傷害一次。

此後一分鐘內【ＡＧＩ】提升50％。

這個技能需要等級1到35都沒受過傷才會拿到。

獲得這個技能，使莎莉的專注力比平時降低了點。

過去都是處在一擊都不能中的狀況下，而這也可說是莎莉提高專注的要素之一。

「再多練習一下閃避吧，嗯。第一次受傷……就留到『那個時候』好了。」

獨自呢喃的莎莉隨即找小怪打去了。

第四章　防禦特化與屠龍

莎莉重新鍛鍊迴避的感覺，梅普露忙著為提升通行證等級解任務。

第四階有很多事要做，許多玩家在城中東奔西跑。

【大楓樹】的成員也不例外，尤其是領先的都為了自己的目的而忙碌。

在莎莉升到35級後幾天，「那個時候」終於到了。

【大楓樹】所有人要一起去屠龍了。

既然找到大家可以一起上線的時間，便事不宜遲立刻出發。

有梅普露在，即使全部一起上也幾乎沒有全滅的危險。

大夥正根據莎莉找來的資訊，討論如何利用每個人的技能來打倒會掉【龍逆鱗】的魔王。

「資料上說……龍會在空中吐出電球，要在他下降的時候用魔法或弓箭攻擊。可是龍有魔法抗性，所以比較推薦弓。ＨＰ削到一定程度以後，他就會貼近地面用衝撞或爪子攻擊，或是吐火……只有爪子是穿透攻擊。一陣子之後，龍又會回到空中。戰場不是地城型態。大概就這樣吧。」

「那可以說是贏定了吧。」

由於對方的勝率與能對梅普露造成多少有效打擊直接相關，克羅姆所言確實有理。

「我剛好在第四階拿到【龍族殺手】技能，地面的攻擊就交給我吧。」

霞的這個技能使她對西方龍或東方龍之類的怪物造成更多傷害。

「也讓我跟結衣在龍下來的時候打他吧。」

結衣和麻衣也加入地面攻擊部隊，龍一降落就恐怕無法活著回去的陣式宣告完成。

龍要是無法突破克羅姆和梅普露並打倒結衣和麻衣，就必死無疑。

「所以龍在空中是梅普露和我負責打嗎？我們都可以遠程攻擊嘛。」

「這個嘛……也只能這樣了吧。」

即使魔法攻擊會遭到減免，奏的魔法仍是不可或缺的傷害來源。

「雖然會花一點時間……但應該不會輸吧。」

在莎莉統整基本方針，準備帶隊出發時，梅普露開口說：

「嗯……我也有一個計畫耶，要聽嗎？」

「說說看？」

梅普露開始將她的點子娓娓道來。

◆□◆□◆□◆□◆

【大楓樹】一行人登上山峰，往山頂通往龍所在地的魔法陣前進。路上飛來的怪物全被梅普露的守護彈開，其餘七人再殺個片甲不留。

「到了！」

「嗯，就是那個魔法陣。」

眼前是光輝燦爛的魔法陣。

踏上去就會立刻傳送到戰場上。

「那就照梅普露的計畫打吧。」

在莎莉這麼說之後，所有人在魔法陣的光輝圍繞下消失不見。

眾人所抵達的荒野，和過去梅普露對戰惡魔的地方很像。

天空又高又暗，但能明顯見到一身白鱗的長龍在天上飛舞。

龍若不低空飛行，連魔法攻擊都打不到。龍就在那樣的高度向他們射出啪嘰作響的白色光球。

光球準確命中他們所在位置，而梅普露完全沒受傷，依然活蹦亂跳。

「嗯，沒問題！」

「ＯＫ～那梅普露，照計畫來喔。」

「嗯！霞，來吧？」

「好，知道了。」

兩人對不斷射來的光球不理不睬，為屠龍做預備。

梅普露展開【機械神】的武裝，準備起飛。霞仔細避開武器，從梅普露背後抱緊她，再使用伊茲給的「禁藥種子」提升【ＳＴＲ】，加強攻擊力。

看著天空確定龍的位置後，梅普露將全部砲口指向地面。

「那我們走嘍！」

爆炎與爆風掃過地面，梅普露與霞一飛衝天。

直接撞穿龍吐出的光球，高速升到龍的嘴邊。

霞跳到龍頭上，梅普露則是直接飛向龍的體側，兩人一起使出技能。

「【流滲的混沌】！【毒龍】！」

「【最終式・朧月】、【紫幻刀】……！」

梅普露與飛龍的巨軀錯身時攻擊，霞也在奔向飛龍尾部時猛砍，快速削減ＨＰ。

輕易地將原本需要用遠程攻擊慢慢削的飛龍打到下一階段。

先一步到達尾部的梅普露叫出糖漿定在空中，利用砲擊抵消速度準確落在龜殼上。

「梅普露！……【跳躍】！」

變小的霞拖著一身紫煙，幾乎要跌倒似的跳過來，梅普露吃驚地接住了她。

霞還沒掌握這個體型的行動要領，沒能抓住刀，跟開始下降的龍一起墜向地面。

「唉……其實不用【紫幻刀】也夠吧。」

「喔～！第一次看到耶，會變成這樣啊？」

梅普露不可思議地看著霞，讓霞別開臉閃躲她的視線。

「不要盯著我看啦……好害羞喔……」

「啊，抱歉抱歉。再來就交給其他人吧！」

「如果不會這樣，這個技能真的很棒……」

克羅姆見到龍開始下降，放下替梅普露保衛大家的盾。

「來嘍！」

「沒問題，都準備好了！」

結衣和麻衣則雙手持巨鎚站在龍的俯衝路線兩旁，準備夾擊。

她們服用了【禁藥種子】，奏也用輔助魔法盡可能疊高【STR強化】，莎莉也用上幾乎沒在用的【鼓舞】來提升她們的【STR】。

龍咆哮著直撲而來。

在既定的行動準則下，龍沒有送死以外的選擇。

「──【遠擊】！──」

揮掃的巨鎚放出四團衝擊波，正中飛龍頭部而瞬間轟光他近八成的HP。

「梅普露很誇張，不過她們也可怕耶……」

「就是啊……」

「我是不是輔助魔法疊過頭啦……？啊，梅普露她們下來了。」

眾人一分鐘不到就打敗魔王，全都成功獲得一片【龍逆鱗】。

但其實這頭龍對絕大多數玩家而言都是非常強大的魔王，能打得這麼快的只有他們而已。

霞在糖漿背上整理服裝，撿回掉到地上的刀以後，和【大楓樹】全員從魔法陣返回原來的山頂，結束了這天的屠龍行。

她仍不習慣這副嬌小身體，跟所有人一起搭糖漿下山。

「梅普露為什麼用那個樣子跑啊……？」

霞說的「那個樣子」，是指毫無人味的【暴虐】狀態。

「不知道為什麼！」

「……這樣啊。」

霞只能用看破紅塵的臉這麼說。

「霞要十分鐘才會復原嘛？我們就這樣移動然後直接去打鬼吧？」

克羅姆說的鬼即是會掉最後一項任務道具的魔王。

「我也可以去喔！沒問題！」

「就走吧？資料我都有。」

由於預計使用的時間大幅縮短，多了很多空閒時間出來，因此所有人一致贊成克羅姆的提議。

「鬼是在地上，只要結衣跟麻衣在對方行動模式變化之前秒掉就好了……妳們都能打嗎？」

「「沒問題！」」

「我先用【獻身慈愛】保護妳們喔。」

一行人就這麼接在屠龍之後繼續去打鬼。

鬼一副凶神惡煞的模樣，但十秒左右就變成光了。

◆□◆□◆□◆□◆

霞順利獲得三樣道具後，便和公會成員分頭，自己前往鳥居「拾」。由於梅普露她們的通行證等級還不夠高，只有霞能來到這裡，所以身邊沒有其他人。

「呼……來看看塔裡有什麼吧。」

目前沒有任何資訊。

霞是第一個通過鳥居「拾」，踏入塔中的玩家。

「總之先往最頂層前進吧。」

穿過紫色火焰照亮的走廊與階梯，不斷往上。

沒有值得進的房間，霞步步為營地往塔頂走。

「嘿咻……什麼也沒有耶。」

這段樓梯最頂端，有扇緊閉的紙門。

若有些什麼，也是在門後。

霞作個深呼吸，拉開紙門。

裡頭是相當普通的榻榻米房間。

最深處有個身穿白色男性和服、額上長了兩隻角的白髮妖怪坐在裡面。

雖特徵與鬼近似，但外貌與不久前秒殺的四公尺高肌肉型大鬼不同，很接近人類。

從門口的立牌提到下任塔主來看，這位多半就是現任塔主了吧。於是霞警戒著對方下一步行動，小心前進。

「喔……？想不到人類也能來到這裡。」

塔主說完站起身，往霞走來。

應有兩公尺的身高更添霸氣。

「東西都帶來了吧？跟我來。」

塔主確定霞擁有那三樣任務道具，轉過身去回到原位。地上出現魔法陣，他也化成光消失於其中。

「走吧。」

霞繃緊神經進入魔法陣，來到的是會令人想到屠龍場地的荒野。周圍連一棵樹、一塊岩石都看不到。

先一步傳來的塔主站在稍遠處。

「我真的沒想到會有人類來到這裡，就讓我看看妳這人類有沒有資格作塔主吧。」

「…………。」

「打倒我，下任塔主的位子就讓給妳。」

霞當然預想過戰鬥的可能，不慌不忙地拔刀對峙。

「讓我們好好打一場吧，人類。」

緊接在聽見這句話之後，塔主右手迸出白光。

在他手中化為一把刀。

「請賜教！」

進入戰鬥模式的霞主動接近塔主。

而塔主無視於雙方仍有一段距離，高舉了刀直劈下來。

「什麼……！」

刀身猛然暴伸，深深斬過霞的身軀。

驚愕得睜大眼睛的霞ＨＰ瞬時歸零，身體逐漸消失。

敗因在於她不禁停下了腳步。霞確定自己正在消失後閉上眼睛。

死回城裡的霞第一個做的是檢查任務道具，看到它們還在而鬆了口氣。沒有失去挑戰權。

接著，她開始思考再戰塔主時該如何行動。「唔……他傷害好高……總之先多死幾次嗎。剛才那招應該閃得掉才對。」

為妖刀死過好多次的她，一招就死也能很快就恢復平常心。

◆□◆□◆□◆□◆

一星期後，霞趴在基地桌上。

「莎莉，霞怎麼啦？」梅普露問。

「好像是打不贏塔最後的魔王在鬱悶。魔王不會叫幫手，可是強得亂七八糟。雖然妳應該還要很久才能打他……要不要先聽魔王會什麼招啊？」

「嗯！我要聽！」

隨著活潑的回答，莎莉開始講解塔主的資料。

「這個魔王只能跟他單挑，戰鬥方式會隨玩家裝備的武器改變，我的話就是匕首吧。目前只知道他也會以魔法為主的遠程攻擊，對容易應變的法職來說比較有機會……可是還沒有人打贏。所以大家在猜，說不定有方法可以削弱他。」

最後莎莉說，網路上已經有人公布了幾種武器的部分攻擊模式。

「妳還沒去過嗎？」

「嗯，我還不能進。」
莎莉的通行證還差一級。
但是再不用多久就能獲得挑戰權吧。
「莎莉，妳也想挑戰嗎？」
「這個嘛……勝算低的我還會打，可是沒勝算的就不會了吧～廣域攻擊實在很難搞。」
這句話等於是莎莉宣告自己打不贏塔主。
「連妳都打不贏啊，真的好強的樣子。」
「就是啊，不過我總有一天還是會去的啦……如果能跟妳一起打，應該多少有點機會就是了。」
然而不行就是不行，這也是沒辦法的事，莎莉就不多說了。
「難怪霞會悶成那樣。」
霞現在的落魄樣，就是想盡辦法攻略塔主卻一趴再趴的玩家末路。
「對呀。啊，對了。最近又要開活動了……大概像先前獵牛那樣。」
「唔唔……那我還是專心升通行證好了。」
那的確是梅普露不會想碰的活動。
儘管現在有【暴虐】，肯定比上次輕鬆，但心裡已經有陰影了。

於是梅普露決定忽視下一場活動，以達成當前目標為優先。

「妳就去升吧。這座城有好多事要做呢。」

「活動期間要升通行證的話……我再去逛地圖好了。」

梅普露戴上羊角換穿和服，走上街去。

「要做什麼好呢？嗯～往哪裡走好呢……」

梅普露叉著手在城裡走來走去。

想著該做什麼而閒晃到最後，見到了一間武器店。

「對了……我幾乎不會去那種店耶。」

她不是用獨特裝備就是用伊茲替她打造的裝備，基本上與市販裝備無緣。

「打擾了……」

梅普露進入店中到處看。

有造型華美的防具，也有奇形怪狀的武器，但當然沒有一樣比她的裝備更好。

「現在錢有很多……要隨便買點什麼嗎？還是請伊茲做好呢……」

結果她什麼也沒買，就只是在寬敞的店裡繞圈。來到收銀台前時，她才發現店員背後牆上貼的海報大大寫著購買五件裝備另有贈品。

「那就買下去吧。」

梅普露隨便挑五樣便宜裝備，從店員手中接過一捆卷軸。

「【快速換裝】？」

這是誰都能用，且廣為人知的技能。

【大楓樹】每個人都忙著做自己的事，會換裝的又只有梅普露一個，自然不流行。

【快速換裝】

直接換穿設定為一組的裝備，再次使用則換回原來裝備。

「原來如此原來如此，那我就來設定一套出來吧……好！」

獲得可以幫助做細部調整的技能後，梅普露離開了武器店。

◆□◆□◆□◆□◆

梅普露繼續在鎮上亂逛一陣子，沒有再取得新物品就返回【公會基地】。

推門入內，已經在裡頭的結衣和麻衣便馬上有反應。

「啊！梅普露來了！」

結衣往她跑過去。

「啥？怎麼了嗎？」

「我們在任務上遇到實在打不贏的怪……可以幫我們一下嗎？」

「拜託了。」

兩人一起鞠躬請求。

「嗯，好哇！我正好沒事做。」

「謝謝！克羅姆大哥跟奏一起出去了，剛好沒人能幫呢……」

現在基地裡除了她們就只有伊茲了。

伊茲是工匠，不適合請她幫忙打怪，兩人只好在這發愁。

「那我們趕快出發，帶路吧？」

「「好！」」

梅普露三個搭糖漿在野外飛了約十分鐘，抵達目的地。

地面散落無數斷刀和毀壞的甲冑，似乎曾經是戰場。

「那個啊，這裡會出的怪物用物理攻擊都無效……所以拜託妳了。」

「嗯……【毒龍】不曉得行不行。」

「大概可以吧。」

得知怪物資訊後，梅普露讓糖漿降落地面並發動【獻身慈愛】，喝藥水回血準備戰鬥。

「怪物……是說那個吧！」

梅普露所見之處，有幾件襤褸的長袍、破爛的生鏽鎧甲和長劍飄在半空中。

看起來都是幽靈，難怪物理攻擊會無效。

「好，人——咦？不見了？」

「那些怪物會消失啊……對不起喔，我們都不知道。」

結衣和麻衣很快就趴了兩次，所以死心搬救兵，對怪物的行動模式並不了解。

梅普露以及結衣和麻衣都不是會積極蒐集遊戲資訊的人，除了物理攻擊無效以外一無所知。

「好近！」

隱形後突然接近的怪物劈下了劍，擊中反應慢的梅普露。

隨後啪唧一聲，因【獻身慈愛】而發光的地面恢復原狀。

「咦？等一下，【掩護】！」

見到怪物砍向結衣，梅普露急忙以最近幾乎沒在用的【掩護】救人。

怪物拉開距離，再度消失不見。

「【獻身慈愛】！沒、沒發動？……對了，被『封印』了！」

梅普露將她和莎莉探索城鎮時買的三張抵抗「封印」符咒，都用在提升防禦力的

【絕對防禦】、【以小搏大】和【要塞】上了。
沒能顧及【獻身慈愛】。
「呃……對了，【長毛】！」
梅普露變成毛球狀態，結衣和麻衣也看出她的意思，迅速放下武器鑽進去。
接著她從前方探出頭，對結衣和麻衣說：
「那就拜託妳們嘍？」
「「好！」」
兩人在毛球裡鑽呀鑽地，來到趴平的梅普露下面，伸直蜷縮的身體將她抬起。
毛球變成只有梅普露的頭露在外面的狀態。
「麻衣，從左邊來了！」
「嗯！」
結衣和麻衣將梅普露的頭轉向左方。
怪物再度砍向支撐毛球的結衣。
「嘿！」
結衣和麻衣放下毛球，鑽到裡面去。
原本瞄準結衣的劍，就只是劃過梅普露頭上的羊毛而已。
「【毒龍】！」

梅普露握短刀的手伸出毛球，朝怪物釋放毒液奔流。

毒液穩穩命中貼近的怪物，清空了牠的ＨＰ。

看來是不需即死效果也能秒殺的怪。

「呼……打死了！那個，總共要幾隻？」

「十隻，麻煩了。」

「收到！那就繼續這樣殺喔。」

梅普露下達指示後，結衣和麻衣將她抬起並往上看，確定抓穩她才向前走。

結果踩到一旁的毒沼就死了。

「哇！咦，怎麼了。」

梅普露啪刷一聲摔在地上。

問結衣和麻衣發生什麼事，但沒人回答。

「嗯？啊……」

眼下是一大片紫海。

晚一拍發現原因的梅普露趕緊發動【暴虐】，回城門口接人。

◆□◆□◆□◆□◆

結衣和麻衣原本想找的克羅姆和奏，這時正與【炎帝之國】的馬克斯和【聖劍集結】的多拉古組隊打怪。

「唉，你真的很會坦耶。」

他們是以多拉古為主要火力，克羅姆、奏和馬克斯支援的方式來打。

「是嗎？坦的話梅普露她——」

「那才不是坦……那不是坦……」

馬克斯喃喃地說。

在他心中，克羅姆才是第一塔盾玩家。

「梅普露在我們之中……是那種定位嗎？」

「不曉得耶？不過梅普露她平常也沒有活動的時候那麼恐怖。雖然說她玩坦卻常常沒擋好，不過她其實也沒必要擋啦。」

不管是劍是槍還是魔法，梅普露都是用身體彈回去。

比誰都更追求防禦力的她，結果比誰都更不需要防禦。

「培因他好像很想打贏梅普露，可是我已經放棄了。培因是覺得他其實很適合啦，

攻擊都很重又很快，不過還是很難的樣子。」

多拉古這麼說之後查看周圍，已經看不到怪物的蹤影了。

「該換位置了吧……？這邊沒怪了……」

馬克斯說得沒錯，這裡的怪物大致上已經清光，四人便轉移陣地。

前往下一個打怪點的途中。

有個怪物像火車一樣從視線邊緣衝過去。

「明明平常就很恐怖……」

「可能是吧……抱歉。」

四人像時間暫停了似的傻在原處，久久不能自已。

第五章　防禦特化與第五次活動

十二月的第一週，野外探索型的第五次活動開始了。玩家需要打倒指定怪物來賺分數，以積分競爭名次。同時所有野外都覆上皚皚白雪，天空也飄下輕柔柔的雪花。

「聽說到十二月底都是這樣喔～」

莎莉在第四階【公會基地】望著窗外對梅普露說。

「好美好棒喔……而且幸好沒有變難走。」

「就是啊～那我去打幾隻活動怪喔。」

「收到～」

莎莉就此離開窗邊出門去。

她走了以後，梅普露也離開窗邊。

「這次活動……不同怪物的分數也不一樣耶。」

這一次，提供分數的怪物共有四種。

公告中提到，這四種出現機率和分數皆不同，最難得出現的怪物除了分數高以外，還有低機率掉落稀有道具。

「遇到的話殺得掉嗎……低分怪物跑得很快，很難追耶……」

梅普露唸唸有詞地思索，動身離開基地。

最後決定在通行證升等的任務途中看到活動怪再打就好，不要花太多時間在這上面。

梅普露推開門扉，踏上堆滿雪的城鎮。

光是飄雪就讓氣氛截然不同，而且走起來也不辛苦。

為了收集任務所需的「靈魂殘滓」，梅普露欣賞著變成銀白世界的野外，悠悠哉哉往西方前進。

「到嘍！」

最後來到廢屋零星散布的區域，梅普露拔出短刀、造出槍砲到處溜轉。

不久就有藍色鬼火飄啊飄地經過她面前，那會掉她要的任務道具。

「別想跑！」

無情的子彈接連射在沒什麼攻擊能力的鬼火上，戰鬥瞬間結束。

「呼……好耶！今天開場就很好運！」

鬼火出現率並不高，而且還像先前跟結衣和麻衣一起打的怪那樣，不一會兒就消失不見。

梅普露拾起掉落物，點著頭沉浸在幸運的喜悅中，繼續找下一個獵物。

「呵呵呵……狀況不錯喔～！」

梅普露又花了約三十分鐘找鬼火，距離完成任務只剩最後一個「靈魂殘滓」。

火球出現得比先前順太多，讓她整個人都輕飄飄的。

「好～！照這個速度再來一個！」

梅普露鬥志熊熊燃燒，然而機率是種會收斂的東西。

之後的一個半小時，梅普露一個鬼火都沒遇到。

爬得愈高，摔得愈重。

就連梅普露都想暫停狩獵，先去散散心了。

於是她倚著樹幹坐在地上，暫時用雪景忘卻鬼火。

「唉……好累喔。嗯……離最後的鳥居怎麼這麼遠～」

梅普露重新體會到霞的攻略速度到底有多快。

「有活動怪耶……」

梅普露抬起右手，對位在稍遠處的白狼射幾槍。

「幹掉了！收工……唉。」

只打倒一隻，對排名根本沒影響。
「好吧好吧！再趕快幹掉一隻就下線！」
梅普露跳起來重整旗鼓，繼續狩獵。
她瞇著眼仔細查看周圍慢慢移動，一點風吹草動都不放過。
「有了！」
發現鬼火飄進視線邊緣，梅普露隨即鏗鏗鏗地啟動武器，灑出怎麼看都能把鬼火殺死好幾次的子彈。彈雨不給鬼火閃躲的空間，接連不斷打在鬼火身上，一轉眼就讓它變成光。
「呼……終於結束了！」
梅普露拾起掉落物並查看道具欄，確定任務所需的「靈魂殘滓」已經足夠。
「好！唉……結果還是打了好久，還以為今天運氣不錯……」
整體來看，也只有前四分之一順利，後面運氣比正常還糟。
於是她用力伸個懶腰，準備離開廢屋地區回報任務。
而機率真的是種會收斂的東西。
「嗯？」
梅普露聽見背後有重物跳動的聲音而回頭。
見到的是超過四公尺高的雪人。

有石頭排成的眼和嘴，以及紅蘿蔔鼻子。

以樹枝構成的手提著大布袋，頭頂上戴著紅紅的帽子。

「喔喔！」

她遇上的是活動中分數最高的怪。

「好，看我的～！」

梅普露不敢疏忽，來到雪人正前方開火。

子彈一顆顆射穿雪人的身體，頭上血條卻動也不動。

雪人也毫不在乎似的往她接近，要用布袋甩她。

「咦！用那個打喔！」

軟性的袋子甩中沒有盾牌的側面，擊毀梅普露的武器並將她打飛。

「是只能靠魔法打的怪物嗎？先試試看……」

梅普露架起塔盾，將砲管指向後方地面，對雪人進行自爆飛行。

用【暴食】挖掉雪人一大塊身體，貫穿過去。

像平常一樣隨便落地，壓壞幾管武器後往雪人一看，結果血條還是幾乎沒動。

「現在怪物還真多種……【毒龍】！」

體型大動作慢的雪人無法閃避毒龍，毒液擊中他身體中央而飛濺。

「咦……？還、還是沒扣？」

雪人沒有中毒，血條也只減少一點點。
繼續這樣磨下去固然是肯定能打倒雪人，但效率顯然糟到極點。
「放棄也太可惜了……太可惜……」
梅普露沐浴在雪人灑下的冰錐之雨中思考對策。
最後決定和糖漿一起慢慢磨對方的ＨＰ。
「準備好了！」
梅普露將糖漿【巨大化】並上升至安全位置，要用【精靈砲】攻擊。
自己是打算先把【毒龍】用光再改用槍砲攻擊。
「好～【毒龍】！」
大把噴出的毒龍再度侵蝕雪人，並在轉瞬間將他的ＨＰ歸零了。
「咦？……奇怪？」
雪人化為光點消失不見，掉了東西在地上。
「嗯～？嗯……啊！即死的關係嗎！」
第一次發動的【蠱毒咒法】，可說是造成了好到不能再好的結果。
梅普露走向掉在雪地上的道具。
那是個紅色包裝，綁上綠色緞帶的箱子，在潔白的雪地上十分醒目。

梅普露撿起它查看道具名稱。

「禮物盒」
自十二月二十五日起的一星期內才能打開，內容物為隨機抽選。

「裡面是什麼啊？聖誕節應景的東西嗎？」
反正原來目的已經達成，梅普露滿意地返回城鎮。

◆□◆□◆□◆□◆

相較於梅普露，莎莉則是在野外東奔西跑農活動怪賺分數。
農得差不多後，她收起武器稍作休息。
「呼……追不上耶。」
莎莉喃喃地說。
腦袋裡想像的是她邀來一起玩的朋友。
梅普露第一次陪她玩同一個遊戲這麼久，莎莉當然是很高興，可是身為玩家還是不想輸她太多。

然而和想像中的梅普露對戰，莎莉還是覺得自己沒勝算。

「她竟然會變得這麼強……」

莎莉為了追上超越她的梅普露，到處尋找技能蒐集資訊，但沒有任何一個足以扭轉情勢。

「不可以輸給她……再接再厲！」

莎莉雙腿使勁，又奔跑起來。

在提升至極點的【劍舞】幫助下，她得以快速擊殺幾乎不會停止的低分怪，效率還不錯。

「學梅普露加強一點防禦力好了！」

莎莉奔跑的路線上，迸出一連串的傷害特效。

如同沒有穿透攻擊的怪無法打倒梅普露，沒有廣域攻擊的怪也打不倒莎莉。

「只是防禦力高的怪，梅普露照樣有辦法打呢。」

即使腦袋裡在想事情，莎莉還是能輕易對付動作單純的怪物。她的玩家技術堪稱登峰造極，不能再要求更多了。

「有沒有哪裡有技能能撿呢～」

繼續打了兩、三個小時的怪後，發現前方有大雪人走過。

「喔，高分怪！運氣真好～」

莎莉接近雪人閃躲手臂，擊出魔法。

「【火球術】！」

只要是火系魔法，即使傷害低也能削掉一大截ＨＰ。

梅普露的苦戰好像假的一樣，莎莉用幾次【火球術】就融化了雪人。

「嗯，好甜的分數！」

莎莉想在活動結束前多農幾個活動掉落物，又開始在野外到處奔波。

心中近似焦慮的感覺，使她比平時更全力以赴地農，想盡快獲得新的力量。

頗為好勝的莎莉因為離梅普露最近，所以最不想輸給她。

第六章　防禦特化與聖誕節

聖誕節愈來愈近，梅普露也愈來愈期待能夠開箱的那一天，拿出包裝得漂漂亮亮的禮物盒看個不停。

「裡面到底裝什麼呢～」

看著看著，梅普露回頭看看公告，確定活動開到什麼時候。

其中某句話讓她忽然有個想法，收起禮物盒喀噠一聲離開椅子。

並一路走向伊茲的工坊。

探頭一看，伊茲正在裡頭做事。

「哎呀，梅普露啊。有事嗎？」

「那個，其實沒有很重要啦……」

梅普露其實是來問伊茲能不能做一些有聖誕氣氛的菜式。

意思就是，她想開一個聖誕派對。

「可是從現在到聖誕節過後，我們只有明天有辦法全部一起上線吧？」

「做那種菜很花時間嗎？」

「菜是沒問題，而且這方面本來就是我的主場啊！最近霞好像都不用修武器了……有其他的事可以做，我也很高興。我可不是專職鐵匠，而是全方位工匠呢。」

伊茲得意地這麼說之後返回正題。

「繼續說吧。既然要辦，就是要在大家都在的時候辦嘛，那就要在那天之前準備好才行。」

「對、對喔……今天大家都不在……」

現在只有梅普露和伊茲上線，不管弄什麼，她們都得親上火線解決。

「在明天之前有好多材料要準備呢。有特別想吃什麼嗎？」

梅普露將之前看到的公告也拿給伊茲看。

伊茲似乎已經知道了，點點頭說：

「妳要用這次活動裡掉的安慰獎啊？原來如此，現在反而算大獎是吧。用這個應該是沒問題。」

這次活動中除了禮物盒之外，還會掉安慰獎，使用之後會變成蛋糕或烤火雞等食材，節省準備耶誕大餐的時間。道具本身價值不高，但氣氛滿分。

「呵呵呵，我馬上打一些過來！」

「聽說機率不怎麼高，而且要很多個，加油喔。」

「包在我身上～！」

「那我就放心了。我去看看我種的蔬菜水果喔。」

伊茲揮手目送梅普露衝出基地。

梅普露快步跑到城門口，做暖身運動似的拉伸筋骨。

「好～趕快打起來！禮物馬上就打到了，不會太久才對！【暴虐】！」

黑暗包覆梅普露，幻化成怪物的外型。她就這麼驅動好幾對的腳，奔向落雪紛紛的野外。

梅普露一股腦猛衝了一陣子，路上遇過不曉得幾隻低分怪。

一見到就直接噴火瞬間燒死，有掉東西才停下來確認。

「『雪片啊』……賣商店很好賺，可是不能吃。嗯～有空再去賣！」

梅普露沒有氣餒，繼續尋找下一個怪物。愈高分的怪物愈容易掉東西，這才是她真正的目標。

「莎莉說得沒錯，用火就好好殺喔。」

她到處狂奔，左右張望尋找怪物蹤影，但沒有想像中那麼好找。

再跑了一陣子，怪物減少到偶爾才一、兩隻，而且都沒掉她要的東西。

「……有、有這麼難找嗎？唔～怎麼辦……搞不好沒那麼簡單……」

有點累了的梅普露為了走更長遠的路，躺在樹下休息。

「……如果雪能積得更深就好了。」

地面積雪只是薄薄一層，不需要跨大步走。一年難得一次，下多一點有什麼關係。

梅普露邊躺邊在心裡嘀咕。

「以後會不會有冰天雪地的階層啊？」

到時候再跟莎莉一起逛吧。想像著兩人冒險的情境，梅普露爬起來繼續農安慰獎。

「好，加油！……嗯？那是……」

一看出遠遠那個人影是誰，梅普露就跑了過去。

對方也不可能沒注意到變成巨怪的梅普露，驚訝地看著她跑過來。

「蜜伊！好巧喔，又遇到了！」

「梅普露！咳咳……怎麼了，有事嗎？」

蜜伊清清喉嚨，把眼神擠得銳利一點再說話。她正在和另外三個隊友一起農怪，米瑟莉和辛恩在身邊，辛恩背後是馬克斯，他還瞥呀瞥地偷看梅普露。

「是沒事啦……我在找活動怪的時候看到你們，就來打個招呼了。」

「喔喔……看到妳這樣跑過來，真的很難不緊張耶。」

辛恩放鬆警戒，看著梅普露說。

「就是啊，沒那麼容易習慣呢。」

「人就用人的樣子嘛……」

三人看著梅普露各說各話，而梅普露則是和蜜伊繼續聊。

「說到這個活動怪，還真的很難找耶。我到之前很多的地方去找，可是都沒有發現……」

「嗯？這樣不行啦。是有幾個點會出特別多沒錯，可是這個點每天都會變。」

「咦！這、這樣喔！」

梅普露原本不打算在這次活動花時間，直到前不久才開始看公告。而且看到安慰獎的部分就立刻開始行動，沒注意到這部分。

「遊戲資訊基本上一定要看清楚，用不用是一回事。記住喔。」

「嗯，也對……我會小心的。啊，對了對了，蜜伊！既然你們在打怪，我也可以跟嗎？禮物盒都給你們，拜託！」

竟然不要玩家在活動中最想要的道具，蜜伊和背後三人都是不可思議的表情。

「不要禮物盒的話，那妳在農什麼？喔，是有分數啦，可是看妳好像也沒什麼在衝。」

「呃，其實啊……」

梅普露老實說出她的目的，辛恩恍然大悟地點點頭。

「辛恩就不怎麼注重這方面呢。」

「他在基地的房間……就只是姑且擺張桌椅而已……」

「這個……又沒關係。我比較喜歡在外面打怪嘛。」

「我是無所謂啦。嗯，也沒有理由拒絕吧。而且聽蜜伊說，跟梅普露一起打真的很輕鬆。」

梅普露的戰力是無庸置疑。

用幾個食材就能交換她的戰力，實在太便宜了。

「那就走吧。梅普露，妳要怎麼走？」

「我這樣跑很快喔！交給我吧！」

梅普露趴下來，要他們四個騎到背上。

「喔喔！其實我也很想騎騎看耶。」

「好像遊樂設施一樣……不會摔下去吧？」

辛恩直接跳上去，馬克斯爬得戰戰兢兢。

「來吧，蜜伊。我們也上去。」

「那當然。」

一行四人以馬克斯為首排排坐好之後，梅普露站了起來。

「我幫妳指路……往那邊走喔……」

「ＯＫ～！」

梅普露依照馬克斯的指示奔過野外，直達目的地。出現率高的地方雪也很大，十分

好認。

放下他們四個以後，梅普露發動【獻身慈愛】。既然組隊了，只要在技能範圍內，死亡就距離他們無限遠。

「長天使翅膀出來感覺更詭異了呢。」

「就是啊……那就盡量不看她……梅普露，我要稍微走一走喔。」

馬克斯四處走動，在地面設置陷阱。

「【火柱陣】……這裡、這裡……和這裡？」

馬克斯設置陷阱時，辛恩以【崩劍】技能使劍分裂，而米瑟莉為他的劍附加火屬性。蜜伊就不用說了，本來就是火攻專家。

「來，開打了。怪物圍過來嘍。」

梅普露找了半天也看不見的怪物，現在前仆後繼地湧來。

在她吐火之前，辛恩纏繞火焰的劍已經將雪人型的怪物切成碎片，融成雪水。

穿過攻擊網的也中了馬克斯的陷阱，被地面噴射火柱燒個精光。

「蜜伊，我們來比誰殺得多！」

「我比不過你的攻速吧，比傷害量的話我還能接受。」

即使閒聊，他們的攻擊精度也沒有下降，怪物連連倒下。

戰場火光四射，傷害特效與消滅特效閃爍不停。

「如果他們不用考慮防禦跟治療，我和馬克斯就沒事做了呢。」
「是啊，輪不到我們處理怪物……」
「好酷喔！我也想讓劍飛來飛去或是用火焰屬性的攻擊喔。」
「梅普露，妳已經很可怕了……」
「天使翅膀就很不錯了啦。」
「呵呵呵，下次見面的時候，我一定要學會用火！」
「這個嘛……不必了，不要太努力……」
「呵呵，我很期待喔。」
「米瑟莉！」

大批怪物就在他們悠哉閒聊時燒光光了。
之後他們換了好幾個點，有多少怪物殺多少，將梅普露需要的食材弄到手。
「怎麼樣，梅普露？夠嗎？」
「嘿嘿嘿，非常夠喔。蜜伊謝謝！」
「妳也幫了我們大忙喔。我們不用自己跑就能到處移動，還不用顧防禦，真是太輕鬆了。」
「那拜拜嘍……有機會再見。下次要用人形喔……」

「我們就到這邊了。要做出好吃的東西喔。」

梅普露對他們四個揮手道別，返回城鎮。

「如果有多，就拿一點給蜜伊他們好了。」

到了城門口，她便恢復人形，往【公會基地】跑去。

隔天。

梅普露拿著玻璃杯，站在聚集於基地大廳的【大楓樹】所有人面前。

眼前的大桌上，擺滿了伊茲用梅普露打來的食材做成的烤火雞、冰淇淋蛋糕、沙拉和濃湯等。

「呃……莎、莎莉？這、這時候要說什麼才好啊？」

「咦！妳不是要說話才站起來的嗎！」

「唔……！祝大家聖誕快樂！明年也請多多指教！」

其他七人與梅普露齊聲歡呼，開始享用伊茲做的佳餚。

「怎麼樣，這都是我的得意作品喔？想到活動結束以後就要等很久才能再拿到這些食材就好哀傷喔……」

「「很好吃喔！」」

結衣和麻衣吃得很開心，一旁克羅姆和霞也是大快朵頤。

「打怪打任務以外的互動，也是多人線上遊戲的重點嘛。」

「當然啊，其實那之外的還比較重要呢。開心最重要。」

「……話說妳那把刀是哪來的？解怪任務拿到的吧？」

「……這是商業機密。」

「我就知道。期待妳的表現喔，會變小倒是挺麻煩的就是了。」

「我也很傷腦筋……而且胸部只纏繃帶實在是……」

兩人如此對話時，伊茲將新做好的解謎玩具交給奏，幾十秒就被他破解了。

接著伊茲不知怎的直說菜很好吃，硬是要奏趕快吃。

「好、好啦好啦，我吃就是了嘛！」

「下次我會做兩倍難的出來！」

「嗯，我很期待喔。」

奏一邊將菜餚送進嘴裡，一邊應聲。

「嗯……伊茲姊辦這麼大一桌，改天我多給她一點材料好了。事實證明材料交給她，都會變成更好的東西回來呢。」

梅普露和莎莉愉快地聽著基地裡的喧嚷。

「做這麼多很累吧？」

「這次有人幫我，還好啦。如果早一點想到就更輕鬆了。」

「一上線就聽說要開聖誕派對，嚇了我一大跳。不過我也已經被嚇習慣了。」

「是喔？」

「對呀，就是因為妳喔？幾乎都是。」

莎莉跟著舉出幾樣吃驚的事，而那幾乎都是來自梅普露不小心撿到的技能。

「嘿嘿嘿，逛地圖很好玩，結果就變成這樣了～」

「嗯！只要妳開心，我是無所謂啦。」

聽莎莉這麼說，梅普露對著她嘻嘻笑。

「莎莉～明年也要多關照點喔！」

「能跟妳一起玩這個，我也很開心喔。」

就這樣，這天的派對一直持續到眼前的大餐吃光為止。

到了聖誕節當天，梅普露終於能開啟禮物盒一探究竟。

她和莎莉碰巧一起在基地上線。

「啊，莎莉！妳今天也來啦！」

「妳也是啊。等等有要去哪裡嗎？」

「嗯……沒有吧，先開完禮物再說？嗯，我今天是來開禮物的。」

梅普露說完就從道具欄取出那紅色的盒子。

「妳也有打到啊？我也有喔。」
莎莉取出的是黃色盒子。和梅普露的包裝不同，但同樣也是怪物掉的禮物盒。
她雙手捧著禮物盒，深有感慨地仔細端詳。
「哎呀……真的得來不易啊。不曉得打幾隻才打到……」
梅普露看著摸起禮物盒的莎莉，說不出自己一隻就打到。
於是決定換個話題。
「嗯，那我們趕快來開吧！到底會跑出什麼來呢？」
兩人拆開緞帶一起猛然開蓋，發現都是一捆卷軸。
那是給予技能的道具。
「技能啊……所以是什麼技能呢？」
兩人跟著查看自己技能卷軸的內容。

【冰柱】
消耗3MP，造出一條不可破壞的冰柱，最多五條。
一分鐘後自動消滅。

【凍結大地】

噴出凍氣，接觸使用者半徑五公尺範圍內地面的玩家或怪物將無法移動三秒。

每三分鐘能使用一次。

前者是莎莉的卷軸技能。

後者是梅普露的技能。

「莎莉妳看，是這樣的耶。」

「我的是這樣。不曉得有幾種……【大海】最近都沒在用，不知道這個用不用得到。嗯～還要注意MP呢～」

莎莉喃喃地為往後作打算。

若運用得當，至少是可以提升防禦力的技能。

「這樣遇到很強的怪物，可以冰起來再打吧！像這樣刷一下全部冰住！」

「嗯，是這樣沒錯。這樣用就對了。」

「OK～！那今年就到此結束嘍。」

「嗯？是喔？」

莎莉對正要下線的梅普露問。

「因為要開始寫寒假作業，一月開學以後又很忙嘛……可能有幾天不能上線。莎莉妳也要記得寫作業喔。」

「我早就寫完了啦，可以爽爽玩喔？」

梅普露對莎莉是否拿出鬥志的差距之大傻眼之餘下線去也。

獨自留下的莎莉重新思考此後的計畫。

「新階層就快開了吧，最好不要亂來……找到方法削弱最後的鳥居後面那隻王以前，我還打不贏……回機械城那裡逛一逛好了？」

莎莉企圖在梅普露不克上線的時候追上她，難得想在沒有具體目標的情況下進行探索。

「偶爾仿效一下梅普露也不錯。」

期待著將於近期開放的第五階，莎莉回到了第三階。

就結果而言，她沒有獲得新技能，也沒有遇到新事件。

唯一的收穫就只是測試【冰柱】的手感。

然而光是試這一次，就讓莎莉為【冰柱】的方便性著迷。

因為她以前都是用很快就會消滅的魔法屏障來抵禦危險的廣域攻擊。

現在可以抵擋一分鐘，沒什麼比這更好的。

如果並非透明，還可以用來躲藏，但莎莉已經很滿意了。

第七章　防禦特化與前進第五階

到了梅普露和莎莉放完寒假，一月也過了一半的時候。

莎莉殷切盼望的第五階上線了。

更新當天，最早來到【公會基地】的莎莉沒等多久，也想嘗鮮的公會成員們也都上線了。

「喔喔，全都到啦！」

莎莉沒想到會有這麼多人而驚喜地大叫。

「嗯？沒有啊，梅普露不在。」

「喔……梅普露她……」

也難怪克羅姆不知道，莎莉說出原因。

「她中流感了啦……每年都有的事。」

「這、這樣啊？那怎麼辦？改天到齊再一起打？」

對於克羅姆這個問題，結論是現有成員先組團攻地城，等梅普露上線再找有空的人幫打。

無人反對。

就算屆時沒人有空，梅普露說不定單槍匹馬就能打倒魔王。

於是缺了梅普露的【大楓樹】就這麼朝通往第五階的地城出發。

莎莉等七人一路摧枯拉朽，殺向地城。

克羅姆承受攻擊，結衣和麻衣只顧搥怪就好。克羅姆將所有攻擊都穩穩擋下，絕不讓結衣和麻衣受傷。他畢竟是頂尖塔盾玩家，只是有梅普露在的時候不太顯眼而已。

由於梅普露不在，移動速度必須遷就全點攻擊的結衣和麻衣，也就是最低速。扣除這點，可說是無可挑剔的完美團隊。

「喔，看見了。」

克羅姆吸引怪物攻擊之餘，手指向遠處的洞穴。

「這群趕快打掉吧。」

書櫃在頭頂上轉動的奏說。

「好哇，我們走。」

七人就這麼馬不停蹄地殺進地城裡。

地城裡滿滿都是物理傷害無效或大幅減輕的怪物。

減輕型的，結衣和麻衣照樣能一擊殺，無效的就不行了。另外，每當鬼火冒出來，莎莉的動作就會突然變得很僵硬。隊伍便以奏和霞為中心，其他人看情況輪番上陣的方式攻略地城。

除了基本上不參與戰鬥的伊茲，大家經過反覆探索第四階，已經很習慣應付這種對物理攻擊有抵抗力的怪物了。

克羅姆動作迅速地抵擋一般野外常見的鬼火類怪物的火焰攻擊，奏則負責以魔法擊倒。

受傷了，伊茲就用道具立刻治療。

只是會減輕物理傷害的小嘍囉，根本不值一提。

即使滿地城都是，雜碎就是雜碎，即使缺了梅普露也當然造成不了威脅。

莎莉等人順利進攻，不費力氣就來到魔王房前。

「那我開門嘍？」

莎莉轉頭這麼說，所有人默默頷首，備妥各自的武器。

隨後門用力一開，全員衝進房裡。

房間深處的是一隻有九條尾巴的大狐狸，富有光澤的橘黃色尾巴慢慢搖擺。

「各位，照計畫行動！」

眾人在莎莉的號令下散開。

莎莉往左前方奔去，霞和奏一起往右前方跑。

其餘四人由克羅姆站前，在門口等待。

莎莉和霞兩名前鋒，在奔跑途中使用伊茲給的道具。

她們砸碎握在手裡的黃色結晶，兩人的武器迸射出黃色電光。

這次的計畫是使用暫時賦予武器麻痺效果的結晶，盡快麻痺九尾狐後猛烈攻擊。

「看我這邊！」

莎莉往九尾狐前腳砍一刀，吸引其注意力。九尾狐又咬又抓，或用尾巴橫掃，但全被莎莉用剛取得的【冰柱】抵擋並予以反擊。

有莎莉吸引攻擊，霞和奏就能自由行動了。

「【麻痺炸彈】！」

「【第四式・旋風】！」

奏用的是具有麻痺效果的魔法，霞則是附加了麻痺效果的四連擊。

莎莉持續造成傷害，讓九尾狐不轉往攻擊霞和奏。沒多久，九尾狐便因麻痺而暫時無法動彈。

「魔王麻痺了！」

若麻痺消退，下次會更難生效，機會可說是只有一次。

而既然有結衣和麻衣在，有一次機會就夠了。

為避免攻擊餘波誤掃，最終兵器在克羅姆護送下向九尾狐直線奔去。

每一步，都是對九尾狐的死亡倒數。

「「【雙重搥打】！」」

兩人的巨鎚二連擊無視九尾狐所有行動變化，直接送他歸西。

有她們在，無視行動變化是很正常的事。如果今天缺席的會長也在，所有行動變化全看一遍卻都歸於虛無則是很正常的事。

◆□◆□◆□◆□◆

七人順利打進第五階的幾天後，梅普露來到第四階的【公會基地】，只看見莎莉一

個在裡面。

「大家都到第五階去啦？」

「嗯，要我幫忙嗎？今天時間有點不夠，要就現在去喔。」

梅普露看莎莉很急的樣子，便純粹心領她的好意，請她放心下線。

「啊，對了……魔王怎麼樣？很強嗎？」

「嗯……以這一階的怪物來說算最強的吧？」

「最強啊……嗯嗯，了解了解。呃……妳又是一個人打贏啦？」

「……？沒有啊，我們七個一起去的。妳單打應該也沒問題吧……」

「是喔是喔，原來可以組隊啦。」

梅普露像是受到這句話的提振，表情一亮。

「什麼？嗯，不好意思不能陪妳，沒事的話……」

「沒關係沒關係！妳都說我沒問題了，一定沒問題的啦！我也剛好可以去了。」

梅普露說完就和莎莉告別，離開基地。

「她是流感剛好就想去打啊？嗯～？算了，趕快下線！」

莎莉還有現實世界的事要處理，匆匆登出以免遲到。

梅普露朝目的地直線前進。大家都過關了，要趕快追上才行，她顯得幹勁十足。

「好～加油加油……」
一個深呼吸後，梅普露踏進房間。
「打～擾了～！」
「喔……？想不到人類也能來到這裡。」
回答梅普露的是人高馬大，一身白的塔主。
梅普露要和第四階的【最強】單挑了。
「呵呵呵，我要跨過你到第五階去！」
梅普露來勢洶洶地向塔主誇下豪語。
接著隨塔主進入魔法陣，傳送到另外準備的戰場。
「讓我們好好打一場吧，人類。」
塔主在稍遠處這麼說，右手出現長約兩公尺的薙刀。
「還請手下留情……【全武裝啟動】！【獵食者】！」
鏗鏗鏘鏘的聲響中，梅普露全身長出大量武器。
左手舉盾，右手用巨大的機械劍遮掩身體。
「【開始攻擊】！」
梅普露全身的槍口砲口一齊擊出光束與槍彈。
不需瞄準也會擊中的大量攻擊朝鬼淹去。

而塔主卻用薙刀偏折、擊落了所有會擊中他的槍彈。
不過梅普露的攻擊片刻不停，塔主仍無機會轉守為攻。
「要像莎莉那樣……糖漿！【巨大化】！」
梅普露使糖漿【巨大化】並升上空中，帶著兩隻蛇怪接近塔主。
即使槍彈飛行距離因接近而縮短，塔主還是沒有受到任何傷害。
「糖漿，【精靈砲】！」
糖漿從天空傾注白色光柱，但塔主照樣避開。
「唔……【毒龍】！」
梅普露射出毒液，直逼塔主。
塔主在身前旋轉薙刀，將毒液奔流全部彈飛。
梅普露接著用自爆飛行化為砲彈，將可以吞噬一切的盾和反映沉光的劍向前挺出，往塔主撞過去。
然而那同時也表示攻勢停止。
「滾吧，人類！」
塔主反應極快，薙刀一掃就擊碎梅普露的武器，將直飛而來的她連同身旁的蛇怪打個老遠。
梅普露的塔盾和劍雖然擊中塔主的身體而造成傷害，但也只有擦傷的程度。

「哇！嘿、咻！」

梅普露乒乒乓乓地又滾又彈，好不容易才站起來。

視線中，塔主正朝她奔來。

「【流滲的混沌】！」

蛇怪張口襲向塔主，但撲了個空。

【獵食者】的兩張嘴即刻追擊，毫不留情地咬中了塔主的雙臂。

但塔主的薙刀沒有停下，反過來將【獵食者】雙雙斬倒。

梅普露朝蛇怪迸出的紅色傷害特效另一邊再度突襲揮掃塔盾，用【暴食】咬掉塔主右半身一大口。

「【獵食者】被幹掉了……不曉得是不是穿透攻擊耶。」

使用【獻身慈愛】會折損ＨＰ，若在那瞬間【獵食者】遭到穿透攻擊而承受兩人份的傷害，說不定有可能直接陣亡，梅普露才選擇比較保險的方法。

梅普露也或多或少熟悉了遊戲的運作方式，知道一個人的打法和與公會成員組隊的打法要有所區隔。她修補損壞的武器，指向塔主。

「【開始攻擊】！」

在第二次掃射中，梅普露先喘一口氣。

「還以為他會一直打過來……可是目前沒傷害，重複剛才這樣打得贏嗎？」

梅普露展現出不知道誰才是魔王的壓制力。

雖然子彈還是被塔主盡數彈開，不過遠遠也看得見的血條，已經削到大概是八成的位置。

「再一次……」

梅普露要再度向前走時，塔主的動作變了。

他瞬時跳出彈幕範圍，高度大約五公尺，且周圍冒出紫色火焰。

「唔咦！」

梅普露趕緊調整角度，但塔主快一步射出火焰。

「全部還給妳。」

塔主用火焰重現梅普露使用的技能，予以反擊。

若是一般塔盾玩家，只會遭受塔主的近戰攻擊吧。而現在他所做的反擊，卻將整個地面燒得焦黑，並干擾視線。

熱線掃射，炎彈爆裂，火龍將地面燒成焦土。

「唔唔！現、現在是怎樣！」

梅普露的攻擊沒有穿透能力，所以沒有造成任何傷害，可是在比人還高的火焰之中，她看不見塔主的位置。

「總、總之先跑！」

梅普露將武器指向地面，用自己的爆炎轟散塔主的火焰，飛上空中。
目標是仍然飄在天上的糖漿。
「【獻身慈愛】！」
只見天使之翼從槍砲堆中伸展開來，梅普露的頭髮變成金黃色。她急忙用藥水恢復減損的ＨＰ。
「糖漿！」
梅普露簡直要刺進龜殼似的掉在糖漿背上，熱線緊接著射來。
【獻身慈愛】使糖漿免於受傷，沒有滿地燒的火焰之後，也找到塔主的位置了。
「會模仿……？」
梅普露的攻擊中，沒有一項能對自己造成有效傷害。
所以在塔主模仿她的期間是絕對安全。
「先待在這裡等這一波結束好了！」
熱線掃射中，梅普露在糖漿背上坐直。
當照亮視野的業火停息，梅普露解除【獻身慈愛】跳到地上。
「【開始攻擊】！」
梅普露展開第三輪射擊。
並朝開始防守的塔主前進一步。

「呼……！」

接著架起劍與盾，使出第三次衝鋒。當兩者錯身而過，梅普露的武器防具毀壞，但【暴食】又咬掉塔主身體一大塊。

而塔主破壞的不過是包覆梅普露的裝備。

她的裝備會在毀壞後再生，武器也會再長出來。

「好，保持下去！」

梅普露這麼說著爬起來，面對塔主。

卻見到塔主就在她眼前，正準備劈下閃耀紅光的薙刀。

「哇！」

嚇得她倉皇挺出塔盾，但薙刀路線霎時改變。

接近橫掃的薙刀鉤拳似的擊飛了她。

「唔……呃，【開始攻擊】！」

梅普露在起身處以跪姿射擊，不讓塔主接近。

途中發現腹側湧出紅色的傷害特效。

「唔唔，是穿透攻擊……喝藥喝藥……」

梅普露從道具欄取出藥水使用。

被一刀稍微砍過半的ＨＰ，只靠一罐來補。

她ＨＰ不多，藥水效能又相當好，一罐就能立刻補滿。
「嗯……遠程攻擊會被擋，怎麼辦咧。」
梅普露的近戰攻擊意外地少，比較能期待的就是【暴虐】的攻擊，用【暴食】或以武器衝鋒，抑或是【獵食者】的攻擊。
「嗯……嗯！好！」
梅普露故計重施，再次衝鋒。
同樣在與塔主交錯時給予傷害，穿過其身旁。
「就是現在，嘿！」
一聲巨響，梅普露彈上空中。
轉瞬後塔主的薙刀掃過空氣，梅普露落在高高在上的糖漿背上。
「呼……謝謝喔，糖漿！有你真好～！」
梅普露摸摸糖漿又跳回地面。
一落地就向魔王衝鋒，不讓他選擇其他行動。
緊接著到空中的糖漿背上避難，然後馬上回來。反覆進行這樣的攻勢，成功在不受傷的狀況下大幅削減塔主的ＨＰ。
梅普露的掃射使塔主的行動極度受限，她又會將自己化為砲彈，以超乎任何玩家的

速度搞立體機動，塔主沒有突破的手段。

於是她繼續削血，一股腦地拚命削。

最後一次也沒讓塔主反擊得逞，就將ＨＰ削到一半。

「……！」

在不知第幾次的衝鋒且彈上空中時，梅普露在糖漿背上見到塔主出現變化。

「人類……很有一套嘛！」

如此讚嘆的塔主周圍，有閃耀的白光開始渦漩。

地面處狂風大作，在梅普露的高度都能聽見呼嘯風聲。

明顯的變化使她架起塔盾，從糖漿背上觀察情況。

「來……接招了，人類！」

於此同時，塔主衝上了天空。

拖曳白光，快速逼近梅普露。

「不會吧！」

見到薙刀上表示穿透攻擊的紅色特效，梅普露知道狀況不妙。

「糖漿，【休眠】！」

糖漿的身影隨指令消失在戒指之中。

坐在背上的梅普露應重力墜向地面。

「【開始攻擊】！」

梅普露在砲擊當中遠離塔主，卻見到塔主沒有落地就直接飛了過來。

「唔唔……唔……！對了。」

沒必要改變方向的梅普露直接開啟道具欄。

「就是它！」

並灑水似的拋出一堆閃亮亮的東西。

那都是裝在道具欄裡的藥水瓶。

「再來……換這邊！」

她轉個方向繼續灑。

讓藥水灑滿每個位置。

好讓自己無論移到哪裡都有藥水能撿。

在消失前的兩小時之內，藥水瓶的位置都是能補滿血的休息點。

「我上嘍！」

梅普露咬緊牙根衝向塔主。

「嘿呀！」

扭身砸盾揮劍，以左肩承受薙刀，往地面彈去。

「好痛喔……要趕快結束才行……！」

好久沒受傷了。

梅普露撿起地上的藥水，立刻消除盡可能不想遭受的傷痛。

既然對方有穿透攻擊，最好是速戰速決。

「再一次！」

梅普露自爆升空。

塔主拖曳光帶衝上天空。

兩道光交錯、彈開、濺散紅光。

梅普露散落大把武器碎片滾過地面，途中拾起藥水。

「再一次……嗯？」

突然不太對勁。

「武器……沒出來？」

她每飛一次，就需要捨棄許多武器。

而它們並非無限。

若原料耗盡，就再也造不出來。

一再反覆的牽制與飛行，使她耗盡了原料。

「看招吧，人類！」

從火力壓制中解脫的塔主擊出火球並接近梅普露，揚起薙刀。

「【暴虐】！」

包藏人體的怪物迅速成形。

即使濺散著傷害特效，怪物的血盆大口仍將塔主連同薙刀咬下去。

「咬死你！」

梅普露的尖牙穿刺塔主。

雙方兩敗俱傷。

ＨＰ約剩三成的塔主迸發衝擊波，掙脫梅普露的嘴。

且拉開距離，白光在周圍匯聚。

「還早呢，人類……！」

塔主體型倍增，化為白髮飄散的大鬼。

兩個對峙的怪物衝向彼此，雙雙使出攻擊。

若說之前是技術的比拚，現在就是蠻力的對撞。

其中不存在閃躲，就只是不停以攻擊對抗攻擊。

「才不會輸給你！」

梅普露噴吐的火焰包纏塔主。

塔主散發紅光的拳砸在梅普露身上。

當塔主的ＨＰ降到兩成時。

「唔……！」

梅普露的怪物軀殼崩毀，人掉到地上。

即使攻擊力提升了，還是不及塔主。

外皮因持續承受穿透攻擊而先行崩潰也是當然的事。

「【毒龍】！糖漿！【覺醒】！【巨大化】！」

梅普露再度叫出糖漿，以毒龍牽制近逼的塔主。

不再迴避的塔主硬是承受傷害，一拳砸過來。

「【流滲的混沌】！……唔，糖漿！【大自然】！」

梅普露連續使用技能進行牽制，要糖漿以伸出地面的巨大藤蔓爭取時間，而梅普露跳到糖漿背上，往更高處飄。

「趕快！哇！」

上升途中，糖漿的斜下方有攻擊來了。

一團塔主拳頭大小的風如砲彈般突破糖漿張設的藤蔓屏障，射向他們。

「糖漿！」

風團一擊打倒糖漿，梅普露墜向地面。

塔主的拳繼續殺向墜落中的梅普露。

梅普露幸運地用依然緊抓的塔盾擋下攻擊，但浮空的她自然不會留在原位，飛了一段普通擊退根本不能比的距離。

即使沒有傷害，重度依賴技能的梅普露防禦技巧並不高。

下次不一定擋得住。

她趴在地上看著塔主步步接近。

要是被他追上，這次就拉不開了。

很快地，眼前地面上的東西讓她靈機一動。

「【快速換裝】！」

藍光籠罩梅普露，她瞬時換上了白色裝備。

「先用這個……！」

梅普露撿起落在周圍還沒消失的藥水猛喝，補滿上限大幅提升的ＨＰ。

這時，塔主的拳已近在眼前。

「【神盾】！」

眩目的紅色傷害特效遭到白光淹沒。圓頂狀的光壁罩住了梅普露。
那是為時十秒的絕對防禦領域。
針對梅普露的攻擊將全部失效。

「趕快給我……趴下去！」
梅普露將能用的技能全部打出去，盡可能削減塔主的ＨＰ。
雖然成功削到最後一成，但梅普露仍焦急地看著短刀流出的毒液。
【神盾】結束後，她沒有任何防禦或攻擊性技能可用。
塔主的追擊很快，不會給梅普露再次使用【毒龍】的時間。
覺得撐不下去時，一個被她遺忘在記憶深處一角的技能浮上腦海。
「對了……還有這招！」
【神盾】在想起的同時結束，塔主再度攻來。
「【凍結大地】！」
這是在前次活動中所取得，可以阻止周圍人物行動的技能。
續命的一著。這三秒價值非凡。
梅普露緊接著說出她遺忘的技能。

「……【核心鎔燬】。」

梅普露心臟部位開了個洞，飛出一個閃耀紅光的小珠子。

停在距離梅普露約兩公尺處的空中。

發動程序需要五秒。

靠【不屈衛士】撐過變得更強大的最後一次穿透攻擊後，梅普露使用今天助她分出勝負的功臣——滿地的藥水，有點不甘地微笑。

緊接著，梅普露和塔主各在珠子一邊，脫離重力束縛般繞著珠子開始旋轉。

「塔主……這次就算平手吧。可是！為了到第五階去，我一定會再來的！」

這是包含在【機械神】中的技能。

唯一不以裝備為代價的一個。

沒錯，梅普露遺忘的這個技能是貨真價實的自爆技。

說明上說，使用者將使範圍內所有人物無法攻擊並且自爆，敵我不分地造成巨大傷害。在這段說明中，光是「自爆」一詞就足以讓梅普露忘了它。

「拜啦！」

梅普露緊閉眼睛等待那一刻。轉瞬後，沖天爆炎連同梅普露焚滅了塔主。

「唉……真是的，好不甘心喔。」

梅普露趴在地上，閉著眼喃喃地說。

她的精神已經累到好想就這麼睡一覺，也對自己的挫敗感到超乎想像的沮喪。

「算了……今天就玩到這吧。」

梅普露撐地起身，張開眼睛。

「咦？為什麼？」

眼前仍是她與塔主對戰的荒地。

先前她所苦戰的魔王還倒在腳邊。

「嗯嗯嗯？嗯～？為什麼？」

我應該是自爆啦？梅普露深感疑惑，但見到血條還剩一半後想到可能的原因。

「因為我防禦力夠高……？對喔……嗯！呵呵！防禦力果然很重要！」

梅普露帶著被她壓倒性防禦力保住一條命的喜悅，對好不容易打倒的塔主說話。

「那個……你還好吧？」

蹲下來戳一戳以後，塔主起身說道：

「哈哈哈……！佩服啊，人類！」

塔主坐著笑呵呵地說。

他撥撥身上塵埃，緩緩站起。

「跟我來。」

塔主說完就邁步離去，梅普露隨後跟上。

踏上塔主叫出的魔法陣，回到原來第四階的房間。

「人類，我會依約交出我的位子。妳也是為此而來的吧？」

塔主雙手發光，出現兩個漆成紅色的酒碟。

將其中之一交給梅普露後，他又拿出一個大葫蘆，為她和自己的酒碟注入液體。

「想不到會是人類來繼承這個位子啊。人類不能喝妖怪的酒，可是……無所謂，有個形式就好。」

「啊，好！」

塔主和梅普露乾杯時，梅普露收到獲得技能的通知。

『恭喜您取得新技能【百鬼夜行Ⅰ】。』

邊應聲邊聽塔主閒聊一陣子後，他忽然正經地說：

「人生總會遇到很多非面對不可的戰場吧？到時候就來找我，隨時歡迎。直到我斷氣之前……隨時可以和我過招。」

「呃，我是不太想再打一次啦。不過好，我會再來的！」

梅普露對塔主揮手告別，離開房間關上紙門伸伸懶腰。

「呼，好瘦喔……真是的，累死我了～！暫時不要打怪好了……」

這次戰鬥讓她受了很多次傷害，即使獲得勝利還是很疲憊。

別說困難的戰鬥，就連輕鬆的戰鬥，梅普露也想盡量避免。

「對了，要看一下技能內容。呃……」

【百鬼夜行Ⅰ】

召喚「赤鬼」、「青鬼」，維持一分鐘。

鬼的能力值隨技能等級改變。

使用期間，使用者所有技能都會成為【封印】狀態。裝備技能不在此限。

查看兩隻鬼現在的能力值後，梅普露注意到一件事。

「呃，啊～有一個Ｉ。要怎麼提升啊……」

梅普露想到一個可能。

還記得塔主對她說過，直到他斷氣之前都能和他過招。

那麼提升技能的方法只有一個。

除了再次、再三地反覆打倒塔主，應該沒有其他方法。

梅普露是這麼想的。

「哇……既然這樣就不管它了……」

茫茫然地脫口而出的低語，帶著對於再戰塔主的濃烈排斥。

梅普露離開高塔進入城鎮，又伸一個懶腰。

或許是這讓她清醒了點，她想起一件留在腦袋深處的事。

「……我怎麼還沒到第五階去啊！」

梅普露高亢的叫喊在第四階城鎮聲聲迴盪。

「第五階要怎麼去啊……」

今天不想再打怪的梅普露坐在長椅上，不久見到有一組六人團隊從城鎮中央處走來，其中有個熟人。

「芙蕾德麗卡？」

「嗯嗯，梅普露？怎麼啦～？」

芙蕾德麗卡會定期找莎莉決鬥，自然常有機會和梅普露對話。

所以她一聽見梅普露的聲音就停下來了。

梅普露正為自己為何不能進入第五階而發愁，覺得芙蕾德麗卡應該知道便開口問。

「唔唔……我搞錯了……搞錯了……」

知道真相後，梅普露無力地向後一仰，攤在長椅上。

「我們六個現在要去打通往第五階的地城～下次再一起玩吧。」

「是喔……是嗎？那……」

梅普露慢慢爬起來問：

「可以讓我跟嗎？我會保護你們的，不過我也只能這樣……」

梅普露說明她現在是很多技能不能用的狀態。

「嗯～？嗯……好哇～隊伍還有空位。」

芙蕾德麗卡也沒有理由拒絕。

畢竟那就像是帶隱藏魔王去打魔王一樣。

有過關的保證是再好不過。

「那就麻煩啦！」

芙蕾德麗卡就此帶上梅普露。

不過梅普露走得跟烏龜一樣慢，不，比烏龜還慢。

「沒辦法，我來搬妳～」

芙蕾德麗卡對自己放法術，抬起背上長白翼的梅普露，加速奔往地城。

「嗯，防禦就交給我吧……」

「沒問題的啦～」

梅普露可是站著就會產生絕對守護領域的人呢。

路上的危險完全被她擋得一乾二淨。

想當然耳，七個人一個也沒掛彩就成功來到魔王房前。

「一起進去喔～！」

一行人以梅普露為首，向房間深處前進。

梅普露在第四次活動中經常使用【獻身慈愛】，已有眾多玩家知道這個技能的威力——將整個隊伍實際變成不死之身的能力。

即使不拉魔王的注意力，幾乎所有攻擊都被梅普露擋掉，其餘六人只要向魔王直線前進就行。

眾人一截截削去ＨＰ，將魔王九尾狐逼入絕境。芙蕾德麗卡等人也是頂尖玩家，在梅普露的支援下不會有戰敗的可能。

「嗯？變快了！」

如芙蕾德麗卡所言，九尾狐的速度急劇上升。

前鋒頻頻揮空，打不中突然加速的九尾狐。

將九尾狐的ＨＰ削至約兩成以後就幾乎傷不了他了。

「雖然沒莎莉快啦……」

芙蕾德麗卡放著法術喃喃地說。

不時能擦到一下，但所有人都明白這樣很花時間。

見到九尾狐向後跳開，芙蕾德麗卡嘆一口氣。

「好麻煩喔……嗯？」

和莎莉對戰這麼多場以後，她也學到了點東西。

那就是絕德所說的第六感。

告訴她，背後有一股不祥的氣息。

就在芙蕾德麗卡轉頭的同時——

「【百鬼夜行】。」

梅普露閃耀的金髮恢復烏黑，翅膀也化為光消失不見。

取而代之的，是火焰。

那是在梅普露背後放出妖異光芒的紫焰。

紫焰另一邊湧出大量妖怪，還有兩個大鬼傲立在梅普露左右。

這是梅普露帶頭的百鬼夜行，惡夢的隊列。

「上吧！」

兩個大鬼手持狼牙棒衝了出去。

朝這裡衝過來的九尾狐無處可躲。

九尾狐固然巨大，要取他性命的大鬼也同樣巨大。
大鬼的能力值不高，不足以一擊打倒九尾狐。
不過他們一搥再搥、一搥再搥，三個巨物擠得房間都顯得窄小了。
傻眼的芙蕾德麗卡等人眼前，紅花爭相綻放。
噴血似的傷害特效從九尾狐身上飛濺不止。
即使迴避能力變高，沒地方躲也沒有意義。
只有死路一條也嘗試迴避，完全是白費力氣。

看著九尾狐倒下，芙蕾德麗卡等人的表情就像開悟了一樣。

待九尾狐化為光點消逝，通往第五階的路也出現了。
「謝啦，芙蕾德麗卡。需要幫忙再找我喔，拜拜。」
「……咦，喔，嗯。」
還沒返回凡塵的芙蕾德麗卡恍惚地回答，梅普露隨後消失在第五階中。
「梅普露是在哪拿到的啊？喔，那裡嗎……？」
芙蕾德麗卡獨自思索時，身旁呆立到現在的玩家向她說話。

「哪裡？沒印象哪裡能——」

她開始運轉的腦袋想到一個可能，說到一半就打住了。

「嗯，大概是第四階的白鬼吧～」

「她找到削弱的方法了……？」

「不曉得耶～梅普露的話……」

芙蕾德麗卡覺得她說不定不削弱白鬼也打得贏。

即使沒有根據，也能如此相信。

正是認為梅普露很強，才會有這樣的猜測。

◆□◆□◆□◆□◆

「到第五階嘍！」

梅普露接在【大楓樹】成員之後不久，也踏出了第五階的第一步。

地面有點彈性，而且是一塵不染的白。

這裡是廣大的雲之國度，天上的樂園。

「搞不好比我房間的床還軟耶。」

梅普露享受著雙腳傳來的療癒感覺，動身尋找【公會基地】。

「這裡就是第五階城鎮啊。」

雲牆另一邊，是耀眼的白色城鎮。

全城都是不存在於現實，沒有任何髒污的牆壁與道路。見到附近的民房以後，梅普露才發現那並非全都是柔軟的雲。

「咦，這個不是雲耶？」

梅普露伸手摸牆，是滑溜溜的感覺。

質感和腳下的雲不同，像是打磨過的石材。

「對了，我都能站在雲上了嘛。這一階說不定能找到很多新的材料喔。」

梅普露邊走邊猜想這一階的道具究竟會長什麼樣，看著地圖抵達【公會基地】。

推開白色的門就直接進去。

「一個人……也沒有耶。嗯，那我今天就在這裡登出吧。啊啊，好累喔～！」

梅普露決定休息一陣子，叫出藍色面板點點點就下線了。

幾天後。

梅普露在基地和莎莉聊天。

「喔……妳跑到那邊去啦～」

「就是啊～第一次打得這麼累……」

「也是啦，我覺得那個還滿不適合妳的。」

「現在想想好像是。」

梅普露開始說她打倒白鬼之後前往第五階的經過。

途中，她才發現自己似乎不應該隨便用【百鬼夜行】給芙蕾德麗卡看。

「我那時候太累了，什麼都沒想……」

「沒什麼關係吧？她大概也不會為這種事驚訝了。」

莎莉是認為芙蕾德麗卡也是不管梅普露做出什麼都不會驚訝的玩家才這麼說，而事實上還不到那個程度。

即使她自己已經踏入了這個領域，但她也是因為離梅普露最近才好不容易看開。

「所以沒問題嗎？話說莎莉，妳逛過第五階野外了嗎？」

莎莉稍停片刻，摸索記憶似的說：

「還沒有全部逛過啦。立體構造的地方很多，經常要爬上爬下的，有很多樓梯跟坡道，還有……」

「還有什麼？」

「地面材質跟先前很不一樣，跑的時候不注意很容易跌倒。」

「是喔？那要小心一點了。」

「對我來說是死活問題呢～」

比起攻勢激烈或一對多的戰鬥，地面不安定對莎莉而言問題更嚴重。

如果調整失誤，恐怕所有閃避都會出錯。

「梅普露，妳要去逛地圖嗎？」

「我先不用了。最近有種把一個星期的份都打完的感覺，下次吧。」

「這樣啊……那就照自己的步調開心玩吧。這樣玩得比較久，我還想跟妳多玩一點呢。」

這個始終不變，也不會改變的想法，無疑是莎莉的原動力之一。

「嗯，我玩得很開心喔。」

「那就好。好啦，我要繼續去逛地圖了。如果找到妳可能會喜歡的風景之類的再告訴妳。」

莎莉離開她所坐的椅子，對梅普露微笑著說。

「喔～！謝謝！」

「我會連妳的份一起逛的，敬請期待喔～？」

「我會的！」

「那我走嘍。」

「慢走喔～」

互相道別之後，莎莉離開【公會基地】，將門緊緊關上。

「是喔，她打贏啦……」

莎莉倚著關上的門板，仰望天空。

眼中是清澈的無垠藍天。

她閉上眼睛再度深呼吸，離開門向前走。

「真不想輸給她，嗯。」

為縮短拉開的距離，莎莉開始奔跑。

「找妳來玩還說不想輸給妳……對不起喔。」

並獨自對不在這裡的人囈語。

白雲構成的地面凹凹凸凸，很不適合奔跑。

莎莉頂多只能拿出全速的一半。

若想更快，恐怕不是踉蹌就是跌倒。

「喔？出現一點東西了。」

映入莎莉視野中的，是團高聳到天際的雲，具有夏季巨大積雨雲的存在感。

其下方，即莎莉腳下地面的另一端，是一條通往雲內的道路。

「要進去嗎……嗯，就去吧。」

莎莉抽出兩把匕首備戰，進入積雨雲中。

穿過狹窄的入口後，有點坡度的道路分岔成好幾條。

宛若迷宮的構造，讓莎莉慎防著突發狀況一步一步地前進。

「……沒有陷阱，也沒有怪物，ＯＫ。」

莎莉敲著牆壁和地面慢慢走，貼在轉角牆上探頭出去窺視。

「喔？」

一團灰色的雲型怪物飄在路上，看起來像朵雨雲。

「朧，【瞬影】。」

莎莉用朧的技能隱身快速接近，以兩把匕首連刺數刀。

怪物上方的血條一截一截掉，見到莎莉現形而準備反擊時就歸零了。

「不把【劍舞】的強化升到最大，單打恐怕很吃力……」

若殺怪節奏不理想，被迫閃躲的次數當然也會增加。

換言之，為了能順利閃躲，就需要一定程度的攻擊力。

進了第五階，莎莉即使將【劍舞】升到最大，也做不出跑過去就死一排這種事了。

也就是說，怪物的能力已經追上了莎莉。

「真想要新招式，啊。」

沿路走了一段，這次遠遠見到一個啪嘰啪嘰響，會放電的雲怪。

「這樣啊……那先前那隻是會用水攻擊嗎？」

既然之前隱身秒殺的是雨雲，這次就是雷雲了。

「先確定一下攻擊範圍好了。」

莎莉緩緩接近雷雲，並隨時準備逃跑。

接近到一定程度時，雷雲分裂出幾朵小雷雲，四散開來。

「喔！」

莎莉立刻遠離小雷雲，不久之後，含本體在內的所有雷雲，迸射出互相牽連的蒼白電光。

橫過空中的無數電流一會兒就消失了。

見狀，莎莉用【跳躍】一舉接近本體，用【二連斬】和普通攻擊撂倒。

「雷雲出招這麼慢，只是小怪吧。」

速度慢到只要事先有準備，說不定連梅普露也躲得過。

範圍雖廣，對莎莉不構成威脅。

接下來的路上，莎莉都挑上坡走。

因為她猜想終點可能就是積雨雲的頂端。

而她的確猜對了。

「喔？這麼快就出來了？」

莎莉眼前出現天空藍。

表示她可以離開這朵雲。

「嘿！」

登上坡道，莎莉便來到雲頂。

「這裡難度比較低吧。」

沒遇到什麼怪物，路也不長。

在先前的階層蒐集材料時，她也攻略過許多這樣的地方。

這時，莎莉注意到腳邊有白色花瓣的小花。

她沒多想，直接伸手去摸。

結果花朵中央掉出一顆白色小球。

莎莉撿起來查看道具名稱。

「【通天泡泡】？」

由於很容易就能再取得，莎莉直接試用了這項道具。

像雲一樣白的小球迸裂開，莎莉周圍的地面接連產生直徑約一公尺的泡泡球，紛紛升上天空。

「抓得住嗎？」

手在泡泡上一按，泡泡稍一變形反彈就馬上破掉。

「就單純看它慢慢飄好了……滿漂亮的。」

莎莉仰望著在陽光下七彩變幻的泡泡喃喃地說。

大約一分鐘之後，地面不再湧現泡泡，往天上飛的泡泡也都消失不見了。

雖然不是有實際作用的道具，有點遺憾，但莎莉沒有想太多。

「反正這裡很好打，這也是正常的啦……啊，為了梅普露再來打幾次好了。」

莎莉覺得梅普露會喜歡這個道具，決定暫時沒事就來。

替梅普露找點有趣的東西，也是她的目的之一。

況且這裡離城鎮不遠，敵人強度與數量也不吃重。

「好，再找下一個點吧。」

莎莉一路下坡，往積雨雲的入口去。

◆□◆□◆□◆□◆

莎莉尋找新景點時，克羅姆和霞也在完全相反的方向探索。

克羅姆承受攻擊，霞斬倒敵人。

克羅姆不時也會受傷，但很快就被他的恢復能力補滿。
平安結束不知第幾場戰鬥後，他收起武器嘟噥說：
「那個，感覺怪怪的耶。」
「嗯？喔……」
這兩個人的戰鬥，是【大楓樹】之中最安靜的。
有伊茲在，就會見到爆炸聲不絕於耳的戰場。
有奏在，魔法造成的閃光與轟聲將連續不斷。
而其餘四個說不定會削減克羅姆和霞的平常心。
現在他們身邊，是如此地和平。
「只靠我們兩個大概還是很難打贏地城的魔王吧，多半只能看一下地城裡面長什麼樣？」
「也許吧。如果很難打，下次再找人幫忙。」
伊茲是特殊職業，其他的叫誰來都是強大戰力。
「莎莉今天好像去逛地圖了，很快就會有另一邊的第一手資料吧。」
「是啊。在那之後再決定從哪邊開始打好了。」
如此邊走邊聊時，開始聽見雷聲隆隆，前方天空烏雲密布。
兩人提高警覺抽出武器，環顧四周慢慢前進。

最後接近到可以看清該區域細部景象的距離。
那邊的藍天遭到厚厚雲層遮擋，還有蒼白電流不時導向地面。落雷遍布。
不知是否有一定規則，遭雷擊的危險性也是未知數。
「喔……這裡要靠梅普露吧。」
克羅姆馬上做出結論。
「下次再來吧，沒辦法再前進了。」
兩人一個轉身，離開了這個真的下起雷雨的區域。

避開雷區，越過幾個上上下下的雲坡而見到的，是雲層顏色比先前的雷雲淡一點的廣闊地方。
雲低得彷彿伸手就摸得到，再加上地形有許多起伏，視野很差。
且不時有壘球大的水珠從雲層中緩慢滴落。
慢得像失去重力，但仍確實往地面墜落的雨滴，砸碎後又變成八顆緩慢彈跳的水滴均等飛散。不久便滲入地面，結束它短暫的地面旅程。
「是不是躲開比較好？」
「應該吧。」

雖不至於躲不過，但降雨量相當多，於是兩人決定試試看來確定負面效果。

「我去吧。如果是傷害型，我比較有機會活下來。」

克羅姆就這麼舉著盾踏進這個下慢雨的區域，試著接下一顆雨滴。

下一刻，克羅姆正後方有水噗咕噗咕地湧出，構成砲台的形狀。

「克羅姆！後面！」

「嗯？不能動……啊？」

克羅姆能動是能動，不過速度和雨滴一樣慢。

砲台組成的速度也很慢，但位在正後方，不知道是否來得及轉身。

這當中，在附近地面彈跳的八顆水滴之一撞上了他的腳。

同時，克羅姆斜後方也傳來另一個砲台組成的聲音。

克羅姆好不容易才轉到看得見的位置。要是能自由行動，現在已經扶額仰天了吧。

「喂喂喂，有沒有搞錯……」

砲台擊出的水團擊中克羅姆肩部，砲台本身隨即消失。

以這一階怪物的水準來說，威力大該低了兩段，傷害不怎麼樣。

「喔？能動了！」

克羅姆一發現身體恢復自由就扭身翻滾，總算是脫離了慢雨區。
人剛離開，還在構築的第二座砲台就嘩啦一聲崩解了。
「被那個砲彈打中好像會恢復正常速度，可是被水滴打到就會生砲台出來呢。」
「很難動嗎？」
「是啊，沒辦法硬推過去。馬上就會被打個不停。」
「那這裡也保留，我們先回城吧？說不定能找到一些東西來處理這些雷啊雨的。」
克羅姆贊同霞的提議，兩人暫時停止探索，踏上歸途。

兩人順利地邊走邊打怪的途中，背後忽然有道影子蓋住他們，便停下來查看天空。
「那不是……普通的雲吧？」
「我也這麼想。」
覆蓋天空的雲橫過野外，漸漸飄走。
氛圍和先前發現的兩個區域很類似。
是個顯眼的雲狀物件。
兩人都覺得那是這階層的某種標記。
「要怎麼到那裡去啊？」
「騎糖漿怎麼樣？」

「感覺官方會防這個耶。有點走後門的感覺。」

總之現在做不出結論，兩人不再多想，繼續往城鎮走。

◆□◆□◆□◆□◆

克羅姆和霞回到【公會大廳】時，裡面只有梅普露一個。

現在的她沒力氣外出，兩人無法帶幫手再續探索。

「莎莉好像還在外面逛耶。」

「其他四個都不在嗎？那好吧，下次有機會再來。」

克羅姆先和梅普露詳細分享先前所見。

「……改天我們再一起去看看。」

沒人知道捂著嘴的梅普露腦袋裡在想些什麼。

是不以為懼，還是超乎她的想像呢。

克羅姆和霞暫且吞下各種想法，對梅普露揮揮手，往基地深處去。

「莎莉現在在做什麼咧。」

梅普露將全身重量交給椅背，看著天花板發呆時，官方發出了公告。

點開一看，原來是將在二月開始的第六次活動簡介。
「叢林大冒險啊。唔……好像會走得很累。」
梅普露關閉訊息，起身前往基地的自己房間。
「慢慢閒晃到活動開始吧。」
她喃喃地這麼說。
決定先停下腳步，休息一下。

◆□◆□◆□◆□◆

莎莉從積雨雲下來以後仍繼續探索野外，走過比克羅姆和霞更長的距離，倚著路邊雲堆稍作休息。
「好多積雨雲喔……」
過程中，莎莉發現有入口的積雨雲到處都是。
為尋求戰利品而一一攻略到最後，她的道具欄裡已經有八個同樣的道具。
「看來有好一陣子不缺泡泡了呢。」
這讓她覺得這似乎是錯誤方向，當她決定大幅改變探索區域而起身時，隨即又止住了步伐。

「不了，還是下線吧？嗯……」

攻略積雨雲就像爬山一樣。

儘管其他積雨雲都比第一個小，爬起來還是不輕鬆。

與第四次活動的公會對抗賽相比，疲勞程度當然是不算什麼，可是現在沒有急的必要，就此打住也無妨。

然而正要回頭時，有團積雨雲具有意識般大搖大擺飄過她眼前。

還慢慢地從她頭上飄過去。

「哇……那什麼啊。」

莎莉的眼睛跟著那團驚人的雲轉，並在遠處空中見到有東西閃爍。

「該不會……好，【超加速】！」

她毅然追過浮雲，快速向前進。

最後來到的地方，讓她確定自己的猜想沒錯。

莎莉現在的位置，就在閃亮物體的正下方。

有許多閃亮亮的泡泡包圍她似的往天空飄。

「應該……應該會有東西。」

莎莉在一度探索過的積雨雲叢生區打轉，但雖然有明確變化，但沒有找到類似通道或傳送點的地方。

「等那朵雲到了大概就沒了！在哪裡、在哪裡！」

一無所獲的莎莉漸漸被積雨雲追上，只好死心。

「沒辦……哇啊！」

正好在她不甘地閉上眼睛時，腳下噴出的某種強大流動將她推上空中。

「喔、喔？咦？」

莎莉整個人翻來滾去，好不容易停止時，莎莉難得在遊戲裡緊張雀躍地四處張望，查看這個至今最大的意外。

她人在未曾來過的雲團中。能聽見風吹的聲音，腳下有泡泡浮起。莎莉拍拍臉頰，作個深呼吸恢復冷靜。

「好，一開始是什麼東西……」

莎莉回想從腳下湧出的流動，發現那是泡泡的團塊。

她是被捲入流動的泡泡之中，飛到天上來了。

「專心……不要緊張，慢慢來……」

總之先從眼前的路開始走。

莎莉警戒著牆和地面，穿過狹窄的通道，來到一處丁字路口。

她同樣貼著牆稍微探頭出去窺視左右狀況。

「！」

在左側通道深處空中見到幾個小光點後，她還沒思考就縮回脖子。

緊接著，一陣風吹過丁字路口。

即使有強風和風聲干擾，莎莉也沒漏看隨風飛過，反射微光的白色球體。

「……冰雹？」

無論有沒有猜對，總之那是固體沒錯。

ＨＰ和防禦力都很低的莎莉，若是被那些飛得像子彈一樣的東西擊中，恐怕會當場死亡。

「ＯＫ，那就先走右邊吧。」

莎莉稍微想了想之後決定順風向走，衝進通道。

「【冰柱】！」

冰柱輕鬆頂住不怎麼高的通道頂部，成為堵在路中間的障礙物。

隨後又颳起一陣強風，冰雹從躲在冰柱後的莎莉兩旁呼嘯而過。

「結束了吧。」

等安靜下來，莎莉趕緊離開冰柱往通道另一頭衝。

不知道還會不會有下一波，她將所有注意力集中在背後的聲音向前疾奔。

「哎呀，果然不是這條。」

到處都是白色，遠遠看不清有無轉角，只好親身過去確認後，莎莉如此低語。

不過左側通道只要用相同手法走就行，負擔不大。

可以抹去右側說不定有寶物的想法，反而讓莎莉比較放心。

她一路慎防起風小心地走，結果是多慮了。

看來那陣風是進入通道時才會發動的陷阱。

莎莉就這麼走到最後，轉往坡度平緩的上坡。

坡道盡頭是個寬敞的房間，但沒有放置任何特殊的物品。

就只有另外三條通道延伸出去。

「那就穿過房間……好，先走右邊吧。」

當莎莉來到房間中心一帶時，頂部和地面湧出許多蒼白的雲狀怪物。

這總共十朵的雲，都纏繞著像是白霧的氣流。

「【火球術】！」

由於先前有冰雹，莎莉先將那白霧當作冰系效果，也就是寒氣，立刻招呼一發火球。

浴火的雲朵頭上血條是有減少，但還剩六成左右。

「用弱點屬性也不太痛啊。」

莎莉ＭＰ不多，難以魔法為主攻手段。

思考之中，莎莉感到背後有風而跳開。

「這怪物也是冰雹……」

莎莉將通道的冰雹攻擊當成細小的光束攻擊，注意著十朵雲的位置展開攻勢。

「朧，【瞬影】！」

讓對方頓時失去攻擊目標，拔出匕首急速接近被火球擊傷的雲。

「【二連斬】！」

攻擊力經過【劍舞】效果提升。

如此的連擊俐落地痛宰雲朵，雲朵融入空氣般消失。

「嗯，雲很軟！」

莎莉彷彿是獨自表演，又像隨既定動作舞動般撂倒雲朵。

盡可能去除無謂動作，以最短距離奪取雲的ＨＰ。

結果這些操控冰雹的雲也無法傷到莎莉分毫。

「呼，謝啦，朧。那麼照原訂計畫，先走右邊……」

莎莉摸摸朧繼續探索，幾分鐘後有了大致了解。

這朵雲內部如蟻巢般錯綜複雜。

路線上下左右地分歧，且大部分都有冰雹或冰柱的陷阱，阻礙莎莉前進。

大房間裡不只有小雲，還有類似冰人的怪物。

莎莉不善於火焰攻擊，以冰構成的怪物又很硬，不太好打。不過既然怪物打不到莎莉，到頭來還是會被她一刀刀砍死。

優勢和能否獲勝是兩回事。

如此又度過一場冰雹彈幕後，莎莉確定四周安全而就地坐下。

「我現在應該到很上面了吧。」

莎莉摸著朧注視通道彼端。

雲團裡的敵人對莎莉而言不怎麼強，但複雜構造和眾多陷阱還是很累人。

「終點快到了？……走吧，朧。」

莎莉腳下的路愈來愈窄，也不再分歧了。

最後終於在白色通道彼端見到其他顏色。

盡頭牆上畫了藍色的魔法陣，發出淡淡的光芒。

另一邊肯定有怪物，或是某些東西。

「嗯，我們走。」

莎莉伸出右手碰觸魔法陣。

啪地一聲，莎莉傳送到了其他地方。

莎莉到了另一邊就拔出兩把匕首，小心地環視四周。
她人在陰天灰雲所構成的圓頂中。
地下和圓頂的材質，和先前的通道並無差異。
「……來了！」
莎莉沒漏聽物體移動的聲響，往來向看去。
從地下的雲之中，長出兩條以冰構成的手臂，頭上有血條，應該是怪物。
只有下臂，足有莎莉的三倍高，與雲相連向上直立。手臂似乎是將莎莉看做敵人而立刻沉入雲中，轉眼就移動到她面前。
並握起拳頭，鎚子般地往莎莉砸過來。
「喝！」
莎莉看清手臂路線稍微躲開，衝向其根部。
路上像個隨機殺人魔狂砍手臂，但防禦力似乎頗高，傷害很少。
接著，莎莉遭到意外的反擊。
砸中地板的拳頭，擴散出會造成限制玩家行動的波動。
莎莉當然是在範圍內，不得不停止腳步。
這當中，原本就纏繞在手臂周圍的白色寒氣逐漸增加。

不難想像它要做出什麼攻擊。

「！好，【跳躍】！」

在攻擊前一瞬恢復自由的莎莉全速遠離手臂。

手臂周圍地面霎時冰棘遍布，勢要填滿整個圓廳，但就是差莎莉一步。

不久冰棘崩解，融入地面。

「跳躍和超加速都不能用的時候，就沒辦法對抗那一招了吧。」

莎莉仔細地一一確認戰況，沒有反擊再度前來攻擊的手臂，拉開距離。

「【火球術】！」

並在遠離途中回身，擊出魔法。

火球擊中手腕部位。傷害雖少，但確實削減了ＨＰ。

「總之先這樣看看情況吧。」

莎莉並不是不善於長期抗戰，更何況現在是她擅長的一對一。

於是為保險起見，莎莉決定花時間打倒這個怪物。

火對冰很有效。

即使最低階的魔法也能造成顯著傷害，可靠得很。

莎莉就這麼花了三十分鐘，將血條削至六成。

「呼……」

看著冰手，莎莉覺得有點麻煩。

因為它周圍多了兩朵會射冰雹的雲。

冰雹已經能躲得很熟練，不至於苦戰，但麻不麻煩是另一回事。

莎莉再度提高專注力，接近冰手。

怪物沒有感情，如果有，會覺得躲掉全部攻擊的莎莉很可怕吧。

儘管攻勢變得激烈，依然不至於擊中莎莉。

彈幕密度和攻擊速度，都不足以傷害可以用【冰柱】製造掩體的她。

當冰手血條低於四成時，雲又多了四朵，總共六朵。

「還早呢……喔？嘿！」

莎莉察覺腳下突然冒出魔法陣，立刻退開。

該處跟著刺出尖銳的冰錐。

且沒有遭受任何外力就立刻崩解。

冰手還朝上張開雙掌，上方有個藍色的魔法陣。

魔法陣追著莎莉跑似的不斷在腳下冒出，使她難以停留。僅是躲在冰柱後面躲不了攻擊。

「……」

莎莉開始思考如何正面突破這陣彈幕。

原因和這場戰鬥沒有直接關聯，但那仍是她作決定的理由。

「傷害……沒關係，就拚一下好了。試過才知道。」

莎莉將提升【ＳＴＲ】的禁藥種子用到極限，朝冰手直線奔去。

靈敏地躲過、用匕首彈開射來的冰雹，迅速接近。

距離很快就縮到了零。

「喝啊！」

莎莉的匕首刺進冰手。

不像是匕首的攻擊力快速削減血條。

莎莉繞行冰手攻擊，當ＨＰ剩兩成時，冰手周圍地面發出藍光。

她還是不停手，尖銳冰錐在冰手倒下之前刺中莎莉。

然而【金蟬脫殼】發動，消除對莎莉的傷害。

全心攻擊的莎莉沒有再受到下一次攻擊，就把冰手的血條砍光了。

最後是宣告戰鬥結束的音效。

莎莉用力伸個懶腰。

「這個嘛……還行吧。」

她給自己一個肯定，查看訊息。

這次她又獲得一項技能。

「【冰凍領域】……」

【冰凍領域】

只能在使用水系技能後的十分鐘內使用。

可冰凍魔法或物體。

對玩家和怪物完全沒有直接影響。

附加冰屬性，不分敵我。

「好吧，大概就這樣。感覺是只要打倒他，誰都能拿到的東西……今天就到這裡結束吧。」

莎莉收起匕首，踏入打倒冰手後出現的魔法陣離開雲團。

第九章　防禦特化與回歸

莎莉獲得一項新技能後時光飛逝來到二月，第六次活動開始了。
她和克羅姆跟霞等玩家當然是馬上組隊參加。
休息到現在的梅普露也終於找回探索的動力，活動一開始就登入。
梅普露剛進【公會基地】，克羅姆和霞就和她換班似的衝出去。
回頭傻眼看著兩人跑遠時，從裡頭過來的莎莉手拍在她肩上說：
「梅普露，妳也來啦。從今天開始逛地圖？」
「嗯。休息這麼久，要補回來！」
「那我簡單說明一下這次活動喔。這次和第二次一樣是探索型，目的是盡可能找寶物回來。」
莎莉就此開始說明活動概要。
第一階段要在野外尋找綠水晶，然後使用水晶到下一階段的活動場地去。
傳送位置完全隨機，且沒有ＰＶＰ和時間加速。

「然後活動場地是叢林地形。官方說獎品主要是貴重材料……然後是技能什麼的？」

「了解了解。」

「啊，還有一件事。補血的道具和技能在叢林都不能用。以妳來說……【冥想】就沒用了。」

當玩家死亡，或是按下屬性畫面多出來的【離開野外】按鈕，就會返回城鎮廣場。

「也就是不要亂用【獻身慈愛】比較好？」

莎莉點點頭。

以自身ＨＰ為代價的行為，風險變得很高。

不過梅普露不需顧慮一般攻擊，在戰鬥上遠比其他玩家有利。

「那我去蒐集道具嘍～」

「慢走喔。」

莎莉和克羅姆跟霞一樣跑出基地，一路往野外去。

剩下的梅普露用自己的步調一步一步慢慢走向野外。

◆□◆□◆□◆□◆

「好，再把官方資訊看一次……」

經過莎莉的大致說明，梅普露已經把活動內容幾乎都記住了。

這次沒有指定需要打倒特定怪物，在每一階層的所有怪物都可能掉落通往叢林的入場券。

梅普露便順首度探索第五階之便，討伐路上怪物。

踏著軟綿綿的地面，梅普露東張西望地前進。

「莎莉說這裡有很多雲怪啊。」

她這麼說著翻越雲牆，在這個高高低低的野外往下坡走。

「呼，遇不到怪耶。先回第四階好了？」

梅普露撫著下巴想到一半，見到積雨雲而改變想法。

莎莉說她探索的過程中也遇過積雨雲，裡面的路上有怪物。

另一個原因是她跟莎莉拿的幾個泡泡珠都用完了，趁這個機會打一個起來也不錯。

「好～走吧！哇，啊！」

突然間一個腳滑，梅普露直接滾到坡道最底下，臉砸在地上趴倒。

「唔唔，雖然不會痛……還是要小心一點。」

梅普露爬起來，注意著腳下繼續走。

進了積雨雲，梅普露很快就遇到雷雲。

「好久沒戰鬥了，看我的～！」

身上鏗鏗鏗地長出的武器，全部指向那朵小小的雲。

可是在梅普露攻擊前，放電的雲分裂成更小的雲怪飄來飄去。

「……好可愛喔。」

梅普露沒用武器攻擊，用手戳戳小雲而遭電擊。然而只有啪嘰啪嘰的聲響，什麼事也沒發生。

「現在我需要打道具，對不起喔？」

她走近本體，左手盾一揮就葬送了雲。

「……沒掉東西。」

結果梅普露沒能在這團積雨雲中獲得活動道具。

只拿到一個泡泡珠。

不過久違了的探索讓她玩得很高興，沒有其他成果也不在意。

打到通往叢林的道具，是兩天後的事了。

當時不方便直接到叢林去，不過梅普露打到第一個水晶的時候距離活動結束還很久，她便找一個可以長時間上線的時間，終於要傳送到活動區域去了。

「好……走嘍！使用！」

梅普露使用道具，身體頓時被光的漩渦所圍繞。

光渦直升天際，淡然消失。

圍繞梅普露的光消失時，周圍景色已經變成只能聽見枝葉婆娑聲的寧靜叢林了。

到處是高大濃密，垂吊藤蔓的樹木。

「總之……附近好像什麼都沒有？」

梅普露沒有感到玩家或怪物的動靜。

玩家傳送到活動地區的位置是隨機決定。

因此想和不知道位置的莎莉、克羅姆和霞一起探索是很困難的事。

「希望能找到好用的道具或技能，來都來了嘛！」

梅普露勢在必得地在叢林中邁開大步。

左右張望地尋找可疑事物，最後找到一朵美麗的紅花。

有五片花瓣，每片都有她手臂那麼大，飄散著濃郁的甜味。

「會有什麼嗎？」

梅普露走近紅花調查。

而花也彷彿正等著這一刻，莖猛一伸長，用花瓣吞下她的上半身。

同時盾和短刀也遭花瓣彈飛，掉在地上。

若有人見到這一幕，一定會覺得她被花捕食了吧。

「哇！不、不要啦！」

在思考之前，梅普露下意識地掙扎手腳。

而花完全沒有想放開的意思。

但也無法對她造成傷害。

「啊，對了。」

梅普露從驚慌中回神，總算想起手上沒武器也能攻擊的方法，全身長出許多槍管。

依然傻傻想捕食梅普露的花到最後都不知道嘴裡的危險。

「【開始攻擊】！」

子彈接連射穿花瓣，把花轟得破破爛爛，梅普露順利重獲自由。

「呼……嚇我一跳。」

梅普露撿回落在腳邊的盾和短刀時，發生了異變。

破爛的花怪在消失之前，炸出一團濃濃的香氣。

這團迅速擴散的香氣，絕不是用來治療玩家。

「怎、怎麼了！」

原本寧靜的叢林，開始響起樹叢晃動聲、枝葉摩擦聲、重物移動般的低沉聲響。

聲音愈來愈大，只見由鳥、猿猴、會動的植物甚至布滿青苔的岩石所組成的巨人從四面八方湧現，包圍梅普露。

「呃……」

見到這群距離還有十公尺的怪物，梅普露一臉的不耐。

即使是梅普露，也能輕易了解到這些怪物是花香引來的。

紅花死前會吸引怪物的事，已經經由拓荒玩家的偉大犧牲而廣為人知，但依賴莎莉蒐集遊戲資訊的梅普露當然不曉得。

不過她和前人不同，不會那麼容易犧牲。

「叢林裡很難飛……唔～只能硬打了吧！」

梅普露下定不太想下的決心，啟動大把武器備戰。

「【開始攻擊】！」

不瞄準特定怪物射出的光束、槍砲彈藥以壓倒性的數量殺傷怪物。

即使樹木的遮蔽使她的射擊發揮不出原有的效能，ＨＰ少的怪物還是一一倒下。

而動作快的利用樹木掩護，很快就接近了她。

「【獵食者】！」

鑽出地面的兩條蛇怪不許敵人接近梅普露。

梅普露實在太硬，不曉得攻擊無用的怪物們不停勇敢的攻擊，最後死在蛇怪口中。

「傷害……沒有！沒問題！」

梅普露警戒著岩石巨人使出特殊招式，對它射擊之餘拉開距離。

從背後接近的怪物全被可靠的蛇怪打倒，不需顧慮。

背後的怪物聲響逐漸消失就是證據。

「好，保持下去……！」

梅普露輕鬆彈開鳥型怪物從空中使出的遠程攻擊，繼續消滅地上的怪物。

戰況十分順利，讓她鬆了口氣。

「要結束了……嗯？」

然而她卻見到，岩石巨人腳後頭有朵紅花悄悄探出頭來。

她急忙停止攻擊，但其中一條光束已經射穿花心。

「啊～！」

香氣溢漫，變得吵鬧的叢林又更吵鬧了。

「怎麼會在那裡啊！討厭～！」

梅普露上下甩著手大叫。

◆□◆□◆□◆□◆

原本寧靜的叢林，現在到處有戰鬥的聲響。

來到叢林的玩家逐漸增加，培因也是其中之一。

「喝！」

培因用盾架開攻擊，以劍斬裂怪物。

打倒所有包圍他的怪物，並沒有花多少時間。

「好，看看有什麼。」

培因一一檢視掉落物，但沒有任何值得一提。

他已經找到幾個爬滿青苔的石造遺蹟，也都沒有可喜的發現。

「要小心一點了。」

培因的ＨＰ已經少了三成。

儘管沒有正面捱打過，在數量暴力下ＨＰ還是一點一點地減少著。

叢林裡無法補血，必須盡可能避免受傷才行。

培因繼續前進，尋找新事物。

路上有戰鬥聲傳進培因耳裡。他在叢林裡已經待了很長時間，但這麼接近的戰鬥聲就只有幾次而已。

他用上所有找得到的資訊，接觸過所有已知的棘手怪物和地點，卻還是沒發現堪用的技能。

「先看看怎麼了再說。」

培因聽見的戰鬥聲響相當大，可是擋在面前是更濃密的高大樹叢，看不見裡面是什麼情形。

然而第六感讓他十分肯定，那肯定是非比尋常的東西。

會覺得這團特別濃密的樹叢可疑，並不是什麼奇怪的事。要是忽略了而錯過技能或道具就不好了，於是培因舉起劍謹慎地接近。

「……讓我瞧瞧。」

培因撥開樹叢要進去時，戰鬥聲正好停止。

樹叢取而代之似的搖晃起來，培因發現那沙沙的聲音正朝他接近。

培因舉盾退離樹叢，準備迎戰向他接近的東西。聲音愈來愈大，那東西的尖端從樹叢衝了出來。

「來吧！」

如此在培因面前探出頭來的，是眼熟——不，是永遠忘不了的怪物。

「啊啊，累死了……咦，那不是……培因？」

鑽出樹叢的無眼怪物腦袋。

傳出培因認識的聲音。

那無疑是梅普露的聲音。

兩人一起走了一小段，在較為開闊的地方坐下。

梅普露還是保持怪物的模樣。

既然補血手段受限，寶貴的【暴虐】可不能亂解除。

培因坐在樹底下，梅普露用她長長的身體繞樹趴著。

「那個，妳要保持這樣嗎？」

「……？對啊，嗯。」

「這樣啊……」

培因胸口深處有些躁動，但他猜想梅普露是因為有某些限制而不願解除，所以尊重她的想法，何況培因也知道那是她的絕招之一。

兩人在一起的原因很簡單，就只是他們決定組隊探索而已。

既然兩名強者在這個廣大的野外，難以尋到特定人物的地方巧遇，無論是梅普露還是培因都不會放過這個機會，再說還可以藉機了解梅普露現在有何變化。

於是培因向梅普露提議，梅普露也沒拒絕。

梅普露並沒有想太多，就只是覺得跟更厲害的人組隊比較輕鬆，想依靠培因的攻擊力而已。

前無古人的最強搭檔就此誕生。

「運氣不錯，這樣探索的效率就快多了。」

「對呀！防禦交給我就對了！」

梅普露和培因在濃密的叢林裡探索了一陣子。

「梅普露……」

「跟我說話嗎？」

「沒什麼……就只是……覺得妳的動作還滿靈活的而已。」

「我也不曉得為什麼，總之就是很能動喔！」

「這樣啊。」培因短短這麼說，往天望去。

即使培因沒動，遮蔽大片天空的深綠樹葉也不斷向旁挪開。

因為他是騎在怪物狀態的梅普露背上移動。

巨大的梅普露在樹與樹之間辛苦地穿梭。

「梅普露，走左邊。右邊什麼也沒有。」

「知道了。」

梅普露繼續以其他玩家看了會不禁備戰的動作走動。

有時還要用手或尾巴抓住樹幹來跨越障礙。

抓緊梅普露對培因來說一點困難也沒有，就算她動作怪一點也無所謂。

兩人的探索進行得很順利。

「啊，有怪物！看我的！」

如梅普露所言，前方有怪物接近。

「是樹人，小心一點。那種怪物……」

培因記得這個怪物。

因為它曾對培因造成些許傷害。

「梅普露，他會用有穿透傷害的根從地底刺上來。」

「咦，你說什麼？」

培因話還沒說完，梅普露前方已經變成一片火海。

所幸火勢沒有延燒，但也沒有弱到樹形怪物撐得過去。

樹人馬上變成焦炭，在地面留下掉落物。

「沒什麼……對了，道具記得撿。」

「啊，對喔！」

梅普露用怪物的手抓起道具，收進道具欄裡。

培因看著梅普露一點也不警戒地蹂躪怪物，實際感受到她和絕大多數玩家的差異是多麼巨大。

後來也常有怪物襲擊，但全都被梅普露路過輾殺、撞飛。

「……又輾到東西嘍？」

「一直有怪殺過來耶。」

「呃，殺的是……算了。那個，小心樹喔，那比怪物還硬。」

培因看著剛跳出草叢就被當場踩扁的怪物，感受到現在的探索方式跟過去完全不同。然而將戰鬥和移動都交給梅普露，就表示培因可以將注意力放在其他地方。

「梅普露，停下來。有聲音。」

由於培因有餘力戒備周遭，很輕鬆就察覺異狀。

他聽見的是些微的快速振翅聲。

「要去看看嗎？」

「好。」

梅普露無法隱藏身形，也仍裝出躡手躡腳的樣子往振翅聲變大的方向走。最後見到的，是築在樹梢上的大蜂巢。

周圍有一大圈黑環。

振翅聲就是從黑環傳來的，不用想也知道那條在空中扭動的黑環是由什麼組成。

「蜂巢啊，現在怎麼辦？」

「我引開牠們讓你打？」

「沒這麼簡單……喔不，這個嘛……」

培因想了想，放棄原來的想法。

梅普露這次ＨＰ受限，而搭檔培因的玩家技能高，不太需要保護，便決定不用【獻身慈愛】。

「那我走嘍！」

梅普露衝到蜂巢底下的開闊處後，有隻四公尺大的巨蜂出現在蜂巢附近。

頭上還有個漂亮的王冠。

完全就是女王蜂的感覺。

「好像比以前那隻還強耶？」

她這麼說時，女王蜂發出號令般的聲音。

那圈黑環，也就是蜂群，便如一枝箭似的直衝梅普露。

蜂群向梅普露高速突襲，被她無一例外地彈開。

「【嘲諷】！放馬過來～！」

女王蜂接連下令，一下單點突襲，一下四面圍攻，或從兩側進行廣域攻擊，但撞上梅普露的毒蜂全被彈開，只能搖搖晃晃地等候新指令。

「……【聖光雨】。」

培因在樹叢後拔出長劍並如此低語，劍身發出白光。

接著猛一揮劍，將劍上的光投向空中。

光團飛行約十公尺，在梅普露所在的廣場上空停住，降下光雨。

射穿、消滅眼中只有梅普露的毒蜂。

培因就這麼變成在梅普露與毒蜂跳探戈時，用廣域攻擊掃蕩蜂群的機器。

「我現在到底在做什麼……」

「要用力殺光光喔！」

「……好！看我的！」

培因瞄一眼用身體反彈毒針的梅普露，大聲回答。

只要懂得裝瞎，殺怪效率就會非常好，穩賺不賠。

但眼前的依然是平時看不見的畫面。

就這樣打了二十分鐘，培因終於殲滅蜂群，來到梅普露所在的廣場。

「沒受傷啊。也是當然的啦。」

「培因，女王蜂下來嘍！」

培因仰頭望去。

梅普露說得沒錯，女王蜂真的在慢慢下降。

「看我一劍砍死牠。」

培因撇去雜念，稍微從梅普露別開眼睛，握緊劍柄。

「好～我們上～」

梅普露挪動手腳，脖子向上伸去。

親自赴死的女王蜂是那麼地勇敢，也無疑是那麼地魯莽。

當女王蜂降落到蜂巢與梅普露他們的中間時，牠上方的蜂巢突然一塊塊崩落。

女王蜂輕巧閃避，蜂巢殘骸直接往梅普露他們掉下來。

「【衝鋒掩護】【掩護】！」

梅普露以少數熟練的連續動作掩護培因。

蜂巢碎塊在她身上砸爛，堆在裡頭的蜂蜜濺得到處都是。

「嗯嗯……？不、不能動了？」

黏答答的蜂蜜完全制住梅普露的動作。其實這只要【ＳＴＲ】夠高就能掙脫，可是原本是0的梅普露即使在【暴虐】狀態也不夠。

女王蜂飛到失去自由的梅普露身上，又咬又螫地奮力反擊。

牠ＨＰ全滿，行動模式還很單純，其他攻擊就只有風屬性的魔法。

而那當然傷不了梅普露，再努力也是白費力氣。

「讓我來。」

培因竄出梅普露巨大的身體底下，不當回事地踏過蜂蜜。

稍微拉近距離後拔劍高喊：

「【跳躍】！」

他一舉跳上梅普露的背，直接來到女王蜂背後。

離得這麼近，女王蜂也知道要把目標轉為培因，對他刺出毒針。

不過培因用盾輕鬆彈開，對動作遭破壞的女王蜂揮劍。

「【斷罪聖劍】！」

光輝燦爛的長劍橫掃出擊，斬斷女王蜂的軀體。

培因這一擊的威力，並不遜於過去活動中對梅普露使出的那一擊。

女王蜂沒有奇蹟幫她撐過這一劍，軀體一分為二，一劍就化為光點消失不見。

黏住梅普露的蜂蜜也同樣化為光消失了。

女王蜂消失後，地面留下好幾罐蜂蜜和兩頂王冠。

培因立刻查看王冠和蜂蜜罐的效果。

「蜂蜜罐」
食材。叢林區域限定道具。
提升HP最大值50，持續兩分鐘。此效果不與本身疊加。

「女王蜂之冠」
裝備時提升MP最大值與MP恢復速度10%。

兩人對分掉落物之後又開始移動。

梅普露的MP就算提升一成，也依然打不出【毒龍】這樣的強力攻擊魔法。但儘管知道這頂王冠沒有立即性的幫助，拿到這麼漂亮的寶物還是讓她很高興。

「要不要去那邊看看啊？」

梅普露挪動其中一隻手，往她想去的方向指。

「好，走就走。這片叢林很大嘛……總會有東西的。」

「那就走嘍。」

梅普露載著培因，扭啊扭地穿梭於大樹之間前進。

第十章　防禦特化與操絲手

叢林裡，有梅普露，有培因。
當然也不會只有他們。
舉例來說，還有莎莉。她距離梅普露十分遙遠，而她無從得知。
在這個沒有明顯標記物的叢林裡，想和特定人物會合非常困難，只好自己看著辦。
莎莉隻身一人在叢林中身輕如燕地奔走。
「到底會有什麼呢～」
飛躍倒木快速前進的她，忽然在視線邊緣發現不尋常的東西而急停。
「嗯～？那是……」
莎莉瞇著眼向遠處望。
鮮綠的彼端，有一點點白色的東西。可是距離太遠，看不出個所以然。
「好，就到那裡去。」
莎莉抽出匕首，沙沙沙地撥開草叢自己開路走。

接近以後，白色物體的真面目便一目了然。

「呃……蜘蛛網喔。我不太適合打會吐絲的蜘蛛耶。」

莎莉皺起了臉，但沒有停下腳步。她就是這麼渴望新技能。

「危險就快跑吧……待我觀來。」

她接近蜘蛛網，仔細觀察。

白色的蜘蛛絲纏繞著好幾棵樹，還延續到地面上，但看不見蜘蛛本身。

地上還有好幾個白繭，一團團地擺放。

「好像是陷阱……動作快的話好歹能觸發一個來看看吧。」

決定行動後，她說聲「好」並使用技能。

「【超加速】！」

莎莉從樹幹後方衝出，觸碰地上的繭。

「噴個道具技能吧……都沒有！唔……！」

莎莉猜得沒錯，那果然是陷阱。

然而沒想到的是，蜘蛛絲的噴灑範圍廣到用【超加速】跑不掉。

結果莎莉的右腳被纏住，倒吊在半空中。

「之前也搞砸過一次……！所以我就討厭這種的嘛……可惡！」

一隻巨大的蜘蛛映入倒吊的莎莉眼中。

「啊～！糟糕糟糕！」

莎莉腹肌卯足了力，嘗試掙扎。

儘管右腳被蜘蛛絲纏住，但不是完全失去自由。

「好像沒那麼糟糕……？」

這麼一來，就是盡可能避開致命傷害，和平常一樣盡自己所能而已。

不過她沒有時間多想。

蜘蛛已經爬上吊著絲的樹，就快到了。

以前在其他遊戲遇到這種情況，莎莉都只能等死。

「這個那麼……來不及想了！【冰柱】！」

莎莉朝沿蜘蛛網爬近的蜘蛛接連射出長長的冰柱。

「雖然傷害不能期待……來了。」

蜘蛛改變了路線，攀在冰柱上移動。

比莎莉還大的蜘蛛沒有從那裡攻擊她的意思，是個不錯的標靶。

「【火球術】【風刃術】！」

莎莉的魔法雖然弱小，但好歹能紮實累積傷害。

「【幻影】！」

接著往另一個方向製造自己的分身，成功引開了蜘蛛。

確定蜘蛛遠離後，莎莉試著用魔法打斷蜘蛛絲。
然而蜘蛛絲毫無變化。
莎莉再往追著幻影回到地面的蜘蛛血條看。
大概還剩八成半。
「……只好等牠接近再瞬間幹掉了。」
莎莉從先前的傷害推斷自己的MP不足以只憑遠程攻擊打倒蜘蛛，決定等到蜘蛛進入攻擊範圍後不給牠反擊機會一口氣解決。
「把禁藥種子用掉好了。還能抵消傷害一次，好像還不需要放棄。」
莎莉的幻影已遭消滅，蜘蛛又爬上樹幹。
她急忙取出「禁藥種子」塞進嘴裡。
以【VIT】為代價提升【STR】而加強攻擊力之後，莎莉握緊匕首，做幾次彎起上身的練習等蜘蛛到來。
蜘蛛來到她正上方就順著蜘蛛絲滑下。
「【二連斬】！」
莎莉利用反作用力強行起身，往正要攻擊她右膝一帶的蜘蛛的臉和腳一砍再砍。
可惜吊在半空中的身體很不安定，莎莉錯失了幾刀而沒能殺死蜘蛛，其HP還剩兩成左右。

當然，反擊來了。

蜘蛛瞬時發出白光，絲線如噴泉般湧出。

它們在蜘蛛周圍漂浮了一瞬間，隨即朝莎莉射來。

「唔……！」

現在的莎莉無法完美閃避，僅能憑藉左半身的遮掩和右手擲出的匕首，保障右手的自由。

「【衝擊拳】！」

這是過去推送梅普露攻擊巨大烏賊時所用，能射出氣彈的技能。

氣彈擊中蜘蛛的臉，許多個小眼睛周圍迸出紅色傷害特效。

而蜘蛛以紫色的絲回敬，然後莎莉注意到一件事。

她的所有招式都被禁用了。

這效果甚至影響了裝備，連朧都叫不出來。

如果蜘蛛死了，這種事並無所謂，然而事實並非如此。

「還沒死？真的？」

蜘蛛的血條還剩一絲絲，如果【二連斬】有多擊中一次就贏了。

蜘蛛用絲纏繞莎莉，並爬到她頸部位置，真的要攻擊莎莉了。

「怎麼辦……」

當莎莉還在想如何脫困，蜘蛛口中近似獠牙的尖銳部位已劃過她的脖子。

這次的傷害被【金蟬脫殼】抵消，但下次就撐不住了。

「……！」

莎莉猛一扭身，絲線搖晃。

蜘蛛的尖牙再度逼來。

轉瞬間紅色傷害特效飛散，ＨＰ歸零。

「呵呵……太可惜了……」

莎莉喃喃地說。

還張開嘴得意地笑。

舌頭上有個小眼睛滾來滾去。

蜘蛛化為光點逐漸消失。

這段時間，莎莉感覺自己和眼睛部位湧出傷害特效的蜘蛛對上視線。

「要恨……就去恨梅普露吧。」

蜘蛛的身體啪唧一聲崩解。

「哈哈，好難吃喔。」

莎莉腦袋裡響起無機質的音效。
那無疑是獲得技能的通知聲。

◆□◆□◆□◆□◆

戰鬥結束後，綑綁莎莉的蜘蛛絲也逐漸消失。
上半身恢復自由的莎莉在蜘蛛絲完全鬆開前向上彎腰。
隨後拘束完全消除，莎莉墜向地面。
「嘿……咻！」
她靈巧地在空中調整姿勢，漂亮地安然落地。
「應該有拿到技能沒錯吧……有了。」
莎莉立刻查看屬性畫面。
裡頭多了個【操絲手Ⅰ】。
說明文如下：

【操絲手】
你現在可以操縱蜘蛛絲。

射程五公尺，雙手雙腳皆可發射。
技能等級V以後獲得伸縮能力。
再次使用即解除【操絲手】狀態。

「不是吞噬者系列啊？啊～不過條件一樣。」
莎莉看完技能效果，開始動手測試。
「用起來是什麼感覺啊？【操絲手】。」
說出技能名稱，莎莉尚未關閉的屬性畫面也產生變化。
名字邊多了【操絲手】字樣。
她再把技能說明仔細看一遍，伸出右手。
「【右手：吐絲】。」
右手掌隨之射出先前纏住她那樣的蜘蛛絲，接觸前方樹木後緊緊黏住。
用力拉拉看，絲沒有脫離樹幹的跡象。
見狀，莎莉稍作思考。
「……梅普露，這次讓我模仿一下喔。」
莎莉如此低語後消除這條絲，為提升技能等級而用蜘蛛絲往叢林深處前進。
她想用與梅普露不同的方式，登上梅普露的高度。

源自心中類似骨氣的情緒。

莎莉反覆吐絲解絲，在叢林走了一會兒又忽然停下。

「如果不先升到等級V，讓絲可以伸縮，否則沒什麼大用處吧。」

在叢林練技能等級太危險，莎莉決定暫時離開這裡。

莎莉的興致從叢林轉移到技能上了。

「嗯，我還不能死。回去吧。」

莎莉就這麼化為光點，消失叢林之中。

獲得新技能的莎莉回到第五階的【公會基地】。

一進門就見到奏和克羅姆。

兩人都跟她聊繼續挑戰叢林的事。

「我今天還要再去……現在只打到伊茲要的材料而已。」

「我也想要某個東西，還不曉得能不能到那裡去，總之先去再說！」

兩人各有目的，如果都順利，公會戰力肯定又能前進一步。

「慢走喔，祝你們成功。」

「好，我想辦法帶點戰利品回來。」

「我走嘍～」

兩人揮揮手，到鎮上整備物資。

同一時刻，【炎帝之國】也有兩個人到叢林去了。

他們在克羅姆和奏動身前不久就開始冒險。

或許是命運的安排吧，他們各自傳送到了這兩人面前。

而且還是奏遇上馬克斯，克羅姆遇上米瑟莉。

魔法師等ＭＰ耗量大的玩家，都想要加ＭＰ技能。

為了獲得這樣的技能，目的一致的奏和馬克斯組隊行動。

克羅姆和米瑟莉也組隊探索當前區域。

梅普露也載著培因橫越叢林，前往此處。

「這個方向應該有加ＭＰ的技能。」

「ＯＫ～！」

培因已經很慣於騎在梅普露背上了。

◆□◆□◆□◆□◆

三支隊伍都往加ＭＰ技能的位置聚集。

其中，克羅姆和米瑟莉遇上了一群怪。

「吃我一刀！」

克羅姆的砍刀劈進一身青苔的魔像。

他和梅普露不同，有一定水準的攻擊力，能對敵人造成不差的傷害。

然而敵人不只是魔像一個。

還有狼或猿猴等動物型怪物會伺機攻擊。

「別想！」

米瑟莉射出的光彈轟散一群進逼的怪物。

替克羅姆爭取到移盾防禦的時間。

在這個無法補血的區域中，兩人的戰力都弱了好幾階。

若是在正常狀況下組隊，米瑟莉的恢復魔法和克羅姆的自療能力，可以讓克羅姆成為不落的要塞，但現在辦不到這種事。

因此，兩人不得不加倍謹慎地前進。

「可惡！沒完沒了！」

「我們先跑吧！我記得有可以幫助逃跑的道具……找到了！」

米瑟莉迅速操作道具欄，取出白色的球丟在地上。

大片白煙隨之漫起，遮蔽怪物的視線。

兩人趁隙匆匆離開現場。

「呼……只靠我一個坦真的很拚耶。」

「唉……如果多一個DPS就輕鬆多了。」

「有結衣和麻衣或梅普露在就不用想太多了。」

「有蜜伊或辛恩在就很穩了。」

兩個人想著任何人都樂見的頂級傷害輸出玩家，穩紮穩打地突破戰鬥。一般而言，這兩種類型的玩家在這樣的環境下探索非常艱困，但他們即使唸唸有詞也依然度過重重險阻，其實也是頂級玩家。他們依據眾玩家反覆探索匯集資訊而成的路線圖，一步一腳印地前往叢林中心。

◆□◆□◆□◆□◆

在兩人且打且走時，奏和馬克斯也遇上了怪物。

「來嘍……」

馬克斯沒有特別採取行動，就只是直直往前走。

在他身旁的奏也只是叫出魔法書櫃，沒有拿書的樣子。

正當怪物動手攻擊時，竄出地面的粗大藤蔓纏住了猿猴和禽鳥等外型的怪物。
馬克斯頭上也有幾個怪物手忙腳亂地試圖掙脫藤蔓，但沒有效果。
「好，爆破……」
藤蔓周圍出現紅色魔法陣，連同怪物一起爆炸。
馬克斯再用魔法給嚴重炸傷的怪物最後一擊。
「喔～果然厲害。」
「只要抓得到就沒事，抓得到就沒事。」
馬克斯儘管情緒不怎麼亢奮，表情還是略顯得意。
而他的眼前，出現了比他高上好幾倍的青苔岩石魔像。
發出紅光的眼睛正好和馬克斯對上。
「啊，不行了……那種抓不住。」
「嗯～那就從用處比較少的開始用……【死神之聲】。」
一本黑色的書從奏的書櫃飄下來。
這本封面血跡斑斑的書內頁快速翻動，發出能震撼骨髓的低鳴。
不久，大魔像遭到一團無底的黑暗包覆，化為光點消失了。
「喔～成功了耶。這是低機率即死。」
「運氣好……？」

「還不錯。」

兩人再度挪動停下的腳。

比起克羅姆和米瑟莉，他們的探索狀況順暢得多了。

◆□◆□◆□◆□◆

場景換到蓊鬱叢林中最熱鬧的地方。

怪物飛的飛、燒的燒、扁的扁，想跑的也逃不過閃光劍勢的追擊。

在叢林中狂飆的梅普露和她背上的培因，全然不將前仆後繼的怪物當一回事。

「嗯？梅普露停一下，前面有東西。」

「咦？好！」

梅普露又打倒一隻怪時停在原處。

前方稍遠處有片奇怪的樹林，每棵樹都像是從中段融化了似的不自然地彎曲。

兩人慢慢接近。

往這彎曲樹林的中心前進的途中，發現有幾棵大樹交纏在一起。

樹根處有個洞口，裡頭是往上的階梯。

「啊，這個洞……」

「之前講的地方就是這了吧。」

梅普露看看洞口，再看看自己巨大的身軀。

怎麼想都鑽不進去。

沒辦法，只好解除【暴虐】。

怪物腹部裂開，梅普露啪刷一聲掉到地上。

培因注視著這一幕，不知怎地有點洩氣，但還是上前查看洞口周邊安全。

「看起來，沒問題。」

「我走前面喔！」

梅普露用力舉起塔盾如此宣告，培因默默點頭。

兩人提高警覺地往上爬。

小心翼翼地爬到了最後，結果路上什麼也沒發生。

頂端是非常粗大的樹枝，兩個人並排走也綽綽有餘。

還有涼爽的風吹過，樹葉沙沙搖晃。

在心曠神怡的綠意與涼風中，有個魔法陣在樹枝的尖端閃耀綠光。

「要去嗎？」

「嗯，當然。」

兩人叩叩叩地走過樹枝，魔法陣隨兩人接近愈發光芒，催他們進入。
梅普露碰觸魔法陣，在綠光籠罩下消失。
培因隨後跟上，兩人傳送到另一邊之後睜開眼睛。

這裡和先前的叢林截然不同，是一處靜得嚇人的森林。
叢生的大樹高高聳立，枝葉繁茂充滿綠意。
纍纍的鮮嫩紅色果實輝映著陽光，深邃的天空蔚藍無比。
然而充滿生機的森林中沒有任何聲音。沒有鳥鳴，沒有枝葉窸窸窣窣的聲音，就連自己的腳步聲也聽不見。
「這裡是……？」
梅普露吐出這裡唯一的聲音。
「可以拿增加MP技能的地方嗎，很好。」
培因開始替狀況外的梅普露說明這裡能拿到的技能。培因想要增強MP恢復的效果，而梅普露是遇到了就想帶回家。
「知道了。既然有這個機會，我會加油的！」
「好，我們走。這裡要走對路才行，我帶頭。」
培因已經有如何在森林中前進的資料，邊看邊走過無聲的森林。

「跟緊喔，一走偏就會有怪物跑出來。」

梅普露很聽話，寸步不離地緊跟培因。

培因接著聊起等在最後的魔王怪。

梅普露仔細地聽並做好準備，好讓戰鬥更順利。

就這樣，兩人一次也沒讓森林裡響起怪物的聲音就抵達目的地。

那裡是個枝葉隨風搖曳的廣場，深處有一個直徑約一公尺的殘株。

「魔王要來了。」

「咦？好！」

梅普露連忙舉盾拔刀。

同時一團綠光在殘株上成形，一個全身由樹木構成的人形怪物鑽出光團似的現身。

怪物體型很小，只有一六〇公分左右，戴著以藤蔓和樹葉編成的帽子。

右手拿著同樣以木質構成的簡樸長杖，纏繞著開了花的藤蔓。

在兩人出手之前，魔王舉杖揮舞樹葉射向他們。

培因迅速移動，流水般與樹葉錯身並痛擊魔王，但梅普露可就辦不到了。

即使事先知道有什麼攻擊，她的速度也來不及躲。

「啊！」

樹葉包圍了梅普露。

效果是以道具欄中的裝備隨機取代現在裝備，直到戰鬥結束才能更改。

「……咦？」

當樹葉消失，梅普露睜開眼睛時，她最先見到的是眼熟的白甲。

梅普露和培因不同，道具欄裡沒什麼裝備。

裝飾變得亂七八糟，頭上戴的是在叢林裡獲得的王冠，再來就是一身副裝備。

「嗯，沒問題！」

梅普露拔出短刀，來到已經先一步攻擊魔王的培因身邊使用技能。

「【獻身慈愛】！」

梅普露代替培因承受射來的風刃。風刃沒有作用，傷不了梅普露半分。

有她當盾，培因就能專心扮演矛的角色了。

兩人都是金髮碧眼。

又都穿白色鎧甲，簡直像兄妹一樣。

在慈愛守護下的無情騎士揮舞光耀聖劍斬斷怪物四肢。

最高級的攻擊力殘酷地奪去他的ＨＰ。

「要速戰速決喔！」

「沒問題！沒問題！」

培因任意揮劍。

無論是魔王製造的木牆還是藤甲都照砍不誤，正面突破。
梅普露化為無敵之盾，持續保護培因。
將魔王擊出的風刃和樹葉漩渦盡數彈開，正面輾壓。
即使只有兩個人，也不是魔王憑一己之力能戰勝的對手。
魔王的木頭軀體變成凋敝的朽木，一塊塊地崩解。
培因隨即查看技能，梅普露換回原來裝備。

【深綠的護祐】
MP恢復速度提升10%。

當梅普露打開道具欄，想拿藥水恢復【獻身慈愛】減損的HP才想起很重要的事。
「啊～！不能補血！」
平時養成的習慣動作一不小心就跑出來了。
培因默默看著梅普露慌慌張張地昭告自己出糗。
心裡想著，如果只是看她現在這樣，感覺隨便都打得贏。

◆□◆□◆□◆□◆

順利擊破魔王卻不小心用了【獻身慈愛】的梅普露，決定暫別培因離開叢林。
主要是因為她現在ＨＰ少到中一個穿透攻擊就可能死掉。
另外就是叢林的戰鬥很頻繁，開始累了。
梅普露向培因表示離開叢林的意思。
「那個，謝謝你陪我打！」
「我也有很多收穫。下次有機會再組吧。」
「你繼續加油喔！」
「拜拜。」
梅普露說完再見就全身發光，回到一般場地去了。

第十一章　防禦特化與會合

「到下個地方去吧。幸好來到了好認的地方。」

告別梅普露後，培因獨自低語。

在怎麼看都差不多的叢林裡，能找到為數不多的地標很有幫助。

離這裡一小段距離外，有個大量魔像出沒的區域，培因打算到那裡去。

既然目標技能已經到手，這裡多留無益。

他踏上出口魔法陣，返回扭曲的大樹。

「嗯……好，走吧。」

培因下定心意，踏出重返探索的步伐。

下樓時，他和正好撞見爬上來的人。

那是克羅姆、米瑟莉、奏和馬克斯等四人。

他們都朝這裡來，在大樹附近偶遇，決定合作。

四人也都注意到培因。

克羅姆詢問培因接下來的目的地之後，四人討論出一個想法。

那就是請培因幫他們，等等也幫培因打魔像。
他們四個需要能短時間造成大量傷害輸出的人。
「……知道了，那我們分享一下資訊吧。」
培因接受邀情，克羅姆幾個也為了穩穩獲勝分享各自的技能資訊。
「沒問題，會贏。」
幾個問答之後，克羅姆如此總結。
這場戰鬥不會花太多力氣，而且和梅普露組隊時，培因還得以安全且仔細地觀察魔王的攻擊。
可說是沒有輸的可能。
「這次有五個人，很快就能結束了吧。」
戰鬥如培因在碰觸魔法陣之前所說的進行。
培因作攻擊主力，克羅姆以塔盾彈開魔王的攻擊。
他冷靜地反覆採取最佳行動，獲得必然的勝利。
克羅姆一點血也沒損，漂亮地抵擋了所有攻擊。
培因和馬克斯見到這樣的坦克，心裡頗為安心，但那不太算是因為覺得他很強很可靠就是了。

總而言之，除了培因外的所有人都獲得了新技能。

當所有人回到原來的地點，便立刻起程前往充滿魔像的森林深處。

培因等五人隊形緊密地向前進。

由於後援型玩家多，不能只顧往前衝，不過這樣也落得輕鬆，且十分安全。

「如果你們早一點到，說不定梅普露也會一起來呢。」培因對克羅姆說。

「梅普露也在啊？」

「對啊，我們一直組隊到遇見你們前不久。哎呀，她真的好強喔。跟之前一樣。」

「我是沒有跟她直接對戰過啦，想找一天試試看……呃，不過可能打半天都打不完吧。」

雖不比莎莉久，克羅姆還是跟梅普露相處了很長一段時間。

身為一名長期用盾的玩家，他也經常思考如何完全抵擋梅普露的攻擊。

不過，這並不表示能夠戰勝她。

克羅姆有可能從梅普露的攻勢中存活，但無法打倒她。

「有機會的話，我一定會拿出渾身解數來打。我也是很難纏的喔。」

克羅姆右手拍拍胸口說。

「以現在的梅普露來說……我大概再多加幾步就打得贏了。」

「喔？厲害喔。可是梅普露動不動就會往奇怪的方向進化，我也不知道所謂的『現在』會持續多久就是了。」
過去都是這樣——克羅姆說道。
梅普露就是個一下停滯，一下急遽成長的人。
再說包含她本人在內，沒有任何人能預測這個週期。

「各位，前面有魔像！備戰了！」
一行人注意著四周邊聊邊走。
不知不覺就來到了目的地，充滿魔像的地區。
這裡有不少布滿青苔的遺蹟，斷柱碎磚比樹木還要醒目。
米瑟莉警告的同時，對培因和克羅姆施放強化法術。
「我看……這次沒我表現的份了。準備陷阱吧。」
馬克斯收起行進用的陷阱，改成消耗較大，用來對付大型怪物的陷阱。
布置途中，培因的劍勢如破竹地砍斷魔像的岩石手臂。
「一隻的話，沒問題！」
培因扭身避開魔像的拳，【跳躍】並斬過它的身體。
對他來說，一隻魔像已經是不需防禦的對手。

結果培因一個人就把好幾個人高的魔像宰掉了。
前後不到一分鐘。
收劍入鞘時，克羅姆跑了過來。
「喂，培因，快看。」
「嗯？這……」
培因順克羅姆所指的方向望去。
斷折的石柱，布滿青苔的遺蹟後方。
又有魔像出現了。不只一個，遠處有更多魔像接連湧現，轟隆隆地逼近。
不讓人通過它們這一關。
在培因等人眼前，魔像以鋪天蓋地之勢蜂擁而來。
「培因，怎麼辦？」
「只打倒擋路的，先突破包圍！」
「收到！」
克羅姆和培因短暫交談，拔出武器架定盾牌。
米瑟莉對所有人上提升【ＡＧＩ】的法術，準備脫逃。
「兩側我可以用陷阱暫時拖延……可是撐不久喔。」

「總之先找魔法書。嗯，有貫穿力的……這個吧。」

奏取出一本黃綠色的魔法書。

在戰鬥開始之際，魔法書放出光芒，發揮了效力。

五人頭上響起呼嘯風聲。

風聲愈來愈大，以一定方向開始吹掃。

且演變成近乎爆炸的巨響。

空氣尖槍穿刺且擊飛了好幾個魔像。

煙塵飛揚，五人腳下一陣震撼。

「傷害沒有看起來那麼大，快跑！」

培因跟從奏的指示，帶頭突破魔像大軍。

「你們……乖乖別動……」

兩側魔像腳下迸出蒼白光芒，限制其行動。

馬克斯的ＭＰ節節減少，米瑟莉用她的技能立刻補足。

米瑟莉能補的不只是ＨＰ。

儘管有所限制，不能任意使用，但在突破困境上可以提供極佳的協助。

「沒完沒了！真的不能停下來！」

克羅姆巧妙地將魔像沉重的拳導向地面並大喊。

魔像數量實在多不勝殺，想突圍是非常困難。

就在這時。

一個魔像的頭被爆炎炸散了。

◆□◆□◆□◆□◆

包圍培因等人的魔像大軍中，外圍的一個魔像遭爆炎吞噬而變成了光。

培因和克羅姆往那個魔像的方向望去，見到的是藉火焰加速，與魔像周旋的少女——蜜伊。

蜜伊四周也有魔像不斷簇擁。會看到那麼多魔像，就是因為有兩個點在觸發又會合在一起的緣故。

她也是藉由戰鬥聲察覺培因等人的存在。奏、克羅姆和培因的裝備很顯眼，遠遠就認得出來，其他兩個她又比較熟，很快就能掌握隊伍成員。

「你們兩個都在啊，那好。」

蜜伊往魔像腳下放出巨大火柱，焚燒她和培因等人周圍的魔像。

儘管不至於燒死它們，還是能達到嚇阻效果。

見狀，米瑟莉和馬克斯建議與蜜伊會合。

培因等人立刻趁隙穿過魔像腳邊，到蜜伊那去。

蜜伊看到馬克斯和米瑟莉就開口喊：

「米瑟莉！」

「好，知道了！」

不需多作指示，米瑟莉隨即行動。

將多餘ＭＰ轉讓給蜜伊。

「要上嘍……！」

儘管技能名稱遭魔像腳步聲和推擠聲掩蓋，從結果即可明白那是強力技能。

蜜伊等人兩側升起熊熊火牆隔開魔像，一條筆直的通道現於眼前。

「【匿影花】。」

馬克斯低聲這麼說之後，一條細細的藤蔓包圍他們所有人，最後在頂點開了朵白花。

這個技能只有在怪物沒看見時才有效，還要消費不少ＭＰ，但能讓怪物看不見全隊三十秒。

頂端的花會在效果結束時凋零，很容易辨識。

「魔像找不到玩家以後，開始消失了。」

蜜伊這麼說，往火牆之路另一端走。

「我們也過去吧，火牆不會持續太久。」

米瑟莉這麼說之後到蜜伊身邊耳語：

「要跟我們一起走嗎？」

「拜託了……一個人打真的好累……」

蜜伊的真面目被梅普露發現後沒多久又露出馬腳，現在米瑟莉也知道她的個性是裝出來的。

不過這也讓蜜伊放心和米瑟莉對話，在公會裡反而好過了點。

蜜伊回答後，米瑟莉轉向培因幾個說：

「蜜伊也要跟我們一起來，這樣戰力就更強了！」

知道蜜伊的威嚴只是偽裝的米瑟莉，現在扮演著中間人的重要角色。

「我的魔法攻擊不太穩定，太好了。」

大家沒有理由拒絕，歡迎蜜伊加入。注意到她偷偷鬆了口氣的，只有米瑟莉一個。

「那就快走吧，時間有限不是？」

克羅姆要大家別再多說，跟上蜜伊。

一夥人就這麼在匿蹤效果結束前成功脫離魔像的包圍網。

遊戲裡的火焰不會延燒得整個叢林都是，對蜜伊而言是個天大寬慰。

全隊一個不落地向前進。

「看到了。」

突破魔像這群守護者之後，接下來的當然是它們所守護的東西。

培因指的是爬滿青苔的石造遺蹟。

遺蹟深處，有座特別大的建築物散發強烈的存在感。

周圍沒有怪物，一行人暢通無阻地來到入口。

六人面前是通往地下的長長階梯。

沒有退縮的理由，全員往地下邁步。

為了找尋仍不為人知，受到重重保護的寶藏。

六人在沒有照明的階梯往下走。

階梯在中途轉折，地面光線漸漸探不進來。

「我拿油燈出來喔。」

米瑟莉取出油燈照亮黑暗的梯道。

一盞就能提供足夠的明亮。

「都沒出怪耶……」

克羅姆舉著塔盾到處張望，周圍就只有遭陰影包覆的牆。

「……！前面有東西……的樣子？」

「蜜伊？」

米瑟莉往蜜伊瞥一眼。

蜜伊朝斜下別開視線。

身旁有米瑟莉在的安全感真是危險。

「沒事。嗯，我知道……樓梯馬上就要結束了，下面有門，要小心。」

這麼說的蜜伊眼中，散發著淡淡紅光。

她有夜視技能，看得比其他隊員清楚。

前方如她所言，出現一扇石門。門上什麼圖案都沒有，就只有供人橫拉的小凹洞。

克羅姆伸手勾住凹洞用力一拉。

「嗯？……不行耶，打不開。」

「可能【ＳＴＲ】要夠高吧。換我拉拉看。」

培因收起劍，用力拉門。

門還真的發出隆隆的沉重摩擦聲打開了。

同時，一陣眩目的光芒湧出門縫。
門後是上下左右錯綜複雜的通道與階梯。
到處是發光的魔法陣，還有孤伶伶立在地面，深有蹊蹺的老舊拉桿。

現於六人眼前的景象，說穿了就是迷宮的氣氛。
「呃……要從哪裡開始走？」

克羅姆問身旁的培因。
「選擇太多，這實在是……」
培因光是往左邊瞄一眼，就看到五、六個魔法陣。
麻煩到不行。

「怎麼辦……我從哪裡開始都可以喔？」
馬克斯帶著見到梅普露使用【暴虐】時稀釋一半的表情說。
也就是其實很想回去，可是這裡聚集的是堪稱最佳團隊，沒有放棄的道理。
「隨便選一條吧。怪物應該都沒問題，而且在這裡想再多也不會有答案。」
「就是說啊，蜜伊。我建議先碰碰看魔法陣或拉桿再說。」
「我負責記路喔。要是迷路了，忘記怎麼回來就麻煩了。」

所有人決定了行動方針。

首先嘗試扳動就在面前的拉桿。

「ＯＫ，要拉嘍？」

克羅姆手扶上拉桿並回頭看其他五人，見所有人稍點個頭就把拉桿往另一邊推。

剎那間，布滿房間的階梯隆隆地改變排列與方向，牆壁開啟現出新通道，先前的通道遭到阻隔。

魔法陣淡去消失，又在其他地方亮起來。

光是切換一次拉桿，迷宮就完全變了樣。

「咦咦……」

馬克斯露出見到梅普露使用【暴虐】時的表情。

推拉桿的克羅姆也皺起眉頭。

「怎麼辦啊，培因？試其他地方也沒關係喔。」

「真的有夠難搞。哈哈哈，那你有什麼想法？」

兩名前鋒互問怎麼辦時，奏開口了。

「雖然看起來好像每條樓梯跟通道都換掉了……可是只有一條路跟先前一樣，要走那裡嗎？」

奏完整記住了原來的面貌。

即使其他五人都看不出來，在奏眼中卻因為與其他地方相異而顯得很清楚。

「又是一個學不來的……」

「感覺跟莎莉那樣滿像的嘛。」

馬克斯和米瑟莉如此反應。

其他人同樣沒理由反對奏。

全體便照奏指示的方向走。

通道另一邊又有一間類似的房間和拉桿。

「如果要重複這樣走……說不定其他路大多是陷阱喔。」

「麻煩啦，奏。」

「沒問題！」

六人繼續前進。

輕鬆越過凶惡怪物或即死級的陷阱。

整個遺蹟的陷阱，都被奏一個玩家清光了。

守護遺蹟的智慧，敗給了更高的智慧。

六人不斷深入地下，來到一個氣氛明顯異於過去的房間。

房間最深處就只有一個以黃金和寶石裝飾的大棺材，其他什麼也沒有。石頭鋪成的地面也只有一層乾燥的細沙，沒有任何異狀。

橫在地面的棺材有五公尺長，六名玩家中沒有一個認為裡面裝的是金銀財寶。

不久，他們的預感應驗了。

棺材裡的東西像是感到他們存在，棺蓋在摩擦聲中移開。

爬出來的是頭上寶冠仍然閃耀，手持金杖的骷髏王。

黑色火焰在漆黑的眼窩中晃動，彷彿要擴張那空洞。

「要來了！準備好！」

骷髏王在培因警告的同時動身，戰鬥開始。

◆□◆□◆□◆□◆

當戰鬥開始，培因和蜜伊頭一個衝向魔王。

克羅姆想跟上時，魔王的法杖頂端燃起藍色火焰。

緊接著有許多骷髏鑽出原本平凡無奇的地面，手上都拿著武器。

那些生鏽的槍矛刀劍，都滴垂著黑色的汁液。

「克羅姆，後面拜託你了！」

培因砍飛阻擋其去路的骷髏並大喊。

「好！【嘲諷】！」

克羅姆站定雙腳，在三名法師前架定盾牌。無論如何都得避免滿房間湧出的骷髏直接攻擊後方的狀況。

火團和呼嘯風刃，接連從固守的克羅姆背後射出。

奏使用廣域攻擊的魔導書，米瑟莉使用自己的廣域魔法來攻擊。

馬克斯用陷阱束縛骷髏，減輕克羅姆的負擔。

不過使用了【嘲諷】，向克羅姆湧去的骷髏實在太多。

即使他用塔盾化解攻擊，將骷髏一一砍倒，手上還是中了一槍。

克羅姆立刻反應，推出塔盾撞飛骷髏，不過手上持續湧出紅光。

「傷害不大……可惡！不會吧！大家小心，骷髏的攻擊好像會持續扣血！」

他的HP仍在慢慢減少。

儘管只持續幾秒鐘，目前沒有手段能抵抗這個並非毒素傷害的流血效果。

「骷髏好像是無限出耶！」

「那麼……幫忙炸蜜伊和培因周圍！這裡我用陷阱盡量撐！」
馬克斯從腰包中取出結晶和某種種子灑在地上。
結晶迸裂，附近的幾個骷髏啪嘰啪嘰地受到光的束縛。
種子急速成長，粗大藤蔓構成牆堵隔絕骷髏。
見狀，奏和米瑟莉往更前方施放魔法。
愈接近魔王，骷髏的密度就愈高，培因和蜜伊不得不停下腳步。現在獲得強力支援砲火，總算成功接近魔王。
「火有用嗎？」
蜜伊猛一振臂，【炎帝】的火球命中魔王，ＨＰ有明顯減少。
然而扣血的同時，原本會迸散的紅色傷害特效卻變成了黑色液體。
蜜伊雖沒被直接潑中，但還是淋到了一些。
「會扣血嗎……！」
在不能補血的地區麻煩透頂的潑灑攻擊，無情削減蜜伊的ＨＰ。
「可是他血很薄——【斷罪聖劍】！」
培因的劍向上一揮，彈開魔王用來防禦的法杖，並從無肉的胸口深深砍到面部。
當培因冒著黑色液體淋身的危險想繼續追擊時，棺材裡湧出大把黑色液體。
「唔，蜜伊！」

「再一下！」

蜜伊朝魔王的臉砸下火球使其後退，和培因暫時拉開距離。

兩人退避方向的骷髏已經遭到後方連續魔法擊潰，兩人都能專注於魔王上。

棺材中湧出的黑色液體覆蓋魔王周圍地面後就不再移動。

想走近魔王，就得付出相當的ＨＰ為代價。

且魔王朝上拋出法杖，法杖被房頂吸了進去。

隨後黑色的光芒籠罩魔王的骷髏身軀。

近半數的骷髏兵因此頹倒而消失，但房頂卻開始滴下黑色液體。

熟悉的黑色液體每一滴都確實地削減著他們的ＨＰ。

「全部上前！總攻擊！」

培因再度突擊，背後四人也隨他前進到可以擊中魔王的位置。

可是這所有的攻擊，威力都在魔王滿身的黑光增強時銳減。

「克羅姆……！你能到魔王旁邊去嗎？現在魔王身上有很強的防護……我需要花時間解除。」

馬克斯這麼說之後，右眼前方浮現單邊眼鏡般的白色圓形。

他就是用這個能力解讀魔王的資料。

「你們撐得住嗎？」

「我有防禦性的魔法書可以用！沒問題！」

在這自信的回答推助下，克羅姆帶著馬克斯奔入骷髏群。

即使受了不少傷，馬克斯仍抵達了目的位置。

「好……【神聖鎖鏈】！」

魔王周圍接連出現黃色魔法陣，陣中竄出白光燦爛的鎖鏈綑綁魔王。

包覆魔王的黑色光芒因而消失，且動作會完全停頓三秒。

這三秒對蜜伊和培因而言十分重大。

「解決它！」

「當然！」

蜜伊的火球焚燒枯骨，火柱連同棺材燒成焦炭。

培因的聖光連擊在魔王臉上水平地斬出最後一劍。

在所有人的ＨＰ被黑水淋到剩下不到一半時，骷髏王再度沉眠。

骷髏王化為光逐漸消失，只留下棺材。

六人往棺材裡瞧，裡頭有像是陪葬品的六捆卷軸和六個眼熟的銀幣。

其他還有鏽劍等裝飾，但能拿的道具就只有這兩種。

各自領取自己的報酬後，六人隨即查看卷軸內容。

【死靈淤泥】

在使用後三十秒內，所有的攻擊會額外造成四分之一傷害，同時此額外傷害將無視防禦力。

每五分鐘能使用一次。

可見這個技能是以在這地城削減他們ＨＰ的黑色液體為原型。
看完說明，六人開始討論這招能用在什麼地方。
幾個深感興趣地盯著說明文，幾個開開心心地離開地城。
同樣的是他們全都留在叢林裡探索，直到ＨＰ用盡。

尾聲　防禦特化與光之王

六人攻破叢林深處的遺蹟後幾天。

梅普露哀怨地趴在【公會基地】的桌上。

「啊……嗚……」

雖說因為ＨＰ不夠而離開叢林不是錯誤的選擇，然而梅普露就是打不到叢林的傳送道具。

期盼一再落空使得她對叢林的興趣愈來愈淡，在所有人都到叢林去時，只有她一個在基地嗚嗚叫。

「算了，不管叢林了！反正我已經努力打過了！」

梅普露心念一轉，立刻起身離開基地。

而她的腳步當然不是為了打叢林的傳送道具而跨。

「哪裡還沒去過咧……啊，對了！」

梅普露有了答案，踏著很久沒這麼悠閒的腳步，往白雲遍布的野外前進。

「哇……好猛喔。」

梅普露眼前是落雷不止的雲之大地。

這裡是克羅姆前不久告訴她的，現在無事可做就先來逛逛。

「好……進去看看～！」

梅普露興高采烈地走過雲海。

在這個到處轟隆隆不絕於耳的地方，當然不會什麼也沒發生，此時一道雷光直接劈在梅普露身上。

「哇！……喔，好～！完全不會痛！」

即使被雷劈中，梅普露的ＨＰ也絲毫未減。

當然也沒對她造成麻痺效果。

「那就繼續走！」

梅普露大步向前，一路被雷劈了幾十次，但全都彈得遠遠的。

「有沒有辦法像莎莉那樣閃啊～？……哇！唔，果然不行，不行不行。」

她跳來跳去躲落雷，結果還是被劈個正著而僵直，知道那是不可能的事。

「不行也沒關係……嘿！」

梅普露不肯死心又向後一跳，於是雷劈下來要她認清現實，這次總算完全斷念。

「走吧走吧，走咧～」

即使心情改變，防禦力也不會變。梅普露繼續彈開落雷大搖大擺地走，在另一端見到的不是雷雲，而是美麗的潔白雲海。

「走完啦？……希望有寶藏。」

梅普露四處張望著繼續前進。

一會兒後，發現有個東西兀立在白雲上。

她目不轉睛地盯著那個有她五倍高的東西看。

「嗯……椅子？」

白雲上，同樣是白色但更為耀眼，梅普露稱為椅子的東西是一個巨大的寶座。

梅普露接近寶座，觸動了什麼似的有團白光在寶座上凝縮。最後構成和寶座同樣比例的巨大人形。

頭上戴頂閃亮的冠，蒼老的臉上有光構成的鬍鬚隨風擺動。

一身豪華服飾令人聯想到王室。

王周圍有魔法陣接連浮現，寶座散發的白光沿地面擴散。雙方沒有對話。

魔法陣直接朝梅普露擊出光構成的箭矢。

「好……【暴虐】！」

包覆梅普露的外皮，將飛來的光箭全部彈開。
「出發～！」
梅普露直線奔跑。
當她踏上從寶座散發出的白色光輝所涵蓋的地面，她堅韌的外皮竟然融化消失了。
「咦？哇！」
突然被丟出來的梅普露在地上滾了一大段。
總算停止時，梅普露慌張地左右張望。
光箭依然射個不停，王和寶座也還在。
「那……【毒龍】！」
然而梅普露這麼喊之後，刺出的短刀卻沒有噴發她所熟悉的毒液奔流。
「咦？奇怪……？【獵食者】！【流滲的混沌】！【全武裝啟動】！」
她接連使出平時倚靠的技能，然而只見武器伸展，此外什麼也沒發生。
閃耀的地面持續擴張。
那是要封印其內所有邪惡技能的神聖領域。
與王的聖光相比，梅普露的一切都太邪惡了。
「【開始攻擊】！」
梅普露槍砲光束齊發，但光箭數量也不少，幾乎阻卻她所有攻擊。

而且好不容易擊中的那些，根本就沒造成多少傷害。

梅普露的掃射本來就是以量致勝，一擊的傷害很低，對於有一定防禦力的對象沒什麼效果可言。

既然火力遭到壓制，繼續這樣用下去，效果在後面階段也只會更低。

「嗯……怎麼辦？雖然不會受傷……可是【暴食】也用不出來耶。」

梅普露見到塔盾只能正常彈開光箭後，真的不曉得怎麼打了。

不會輸，但也不會贏。

兩邊都持續幾乎無止境的遠程攻擊，戰況沒有改變。

「先靠近看看好了。」

光箭彈得全身叮噹響的梅普露，走向未曾離開寶座的王。

直接來到他跟前。

「攻擊……也沒用……」

梅普露用短刀戳戳他腳尖，當然沒傷害。

拿盾敲、叫糖漿出來打也是同樣狀況。

梅普露愣了一會兒後，手一拍就轉身背對王。

「撤退！撤～退～！」

她明白自己拿王一點轍也沒有，用背承受著光箭走向落雷雲海。

任落雷亂打的她回到一般地區，停下來思考對策。

「有沒有什麼能用的啊？嗯……啊，對了！可以用在城裡逛的時候聽到的那個！」

梅普露想到些什麼，搭糖漿慢慢飄回城鎮。

「從很多商店的地方開始看好了。」

確定錢夠之後，她在城門口跳下糖漿。

「有沒有咧～有沒有咧……人家是說在第一階啦。」

梅普露一間一間逛，查看品項。

就這麼逛了一個小時。

還砸下重金買了一大堆道具。

「好～湊得差不多了，雖然不曉得有沒有用……總之明天再挑戰一次吧。」

梅普露再把塞進道具欄的道具看過一遍就登出返回現實世界。

後記

不好意思，每次都一樣。首先要感謝一路看到這裡的所有讀者，也希望一時興起而第一次接觸的讀者可以繼續看下去。

大家好，我是夕蜜柑。

《怕痛的我，把防禦力點滿就對了》一下子就來到第五集了，距離第一集上市已經有一年餘的時間。

這一年它出版成冊，出現電視廣告，畫成漫畫，發生了好多事，感覺過得好快。

不過我的心意經過這一年也沒有改變，只想把修得更好的作品和好消息，獻給所有讀者。

能在這樣的一年內再次帶來好消息，我也非常高興！

沒錯！《防點滿》準備做成動畫了！

一年前的我一定不敢相信，其實我現在也不太敢相信，可是各位的支持真的把它送上這個階段了！真的太感謝了！

我不禁會想，用動畫更進一步表達梅普露他們的魅力，是不是足以報答各位給我這個絕無僅有的機會。動畫化是一件很不得了的事，真的讓人不曉得該怎麼報恩才好……不過總歸是要從做好每件小事開始吧。

好消息報告完了，《怕痛的我，把防禦力點滿就對了》第五集也要在這裡結束了。

感謝許許多多的人給我這些機會。

希望能再為各位帶來捷報。

那麼，期盼我們在未來的第六集再會！

夕蜜柑

狼與辛香料 1~21 待續

Kadokawa Fantastic Novels

作者：支倉凍砂　插畫：文倉 十

赫蘿與羅倫斯的旅程後續第四彈！
兩人為女兒展開睽違十多年的長途旅行！

為見女兒一面，溫泉旅館老闆羅倫斯與賢狼赫蘿展開睽違十多年的長途旅行。兩人在旅途中找個城鎮歇腳，沒多久就聽到繆里的傳聞。而且內容和他們所熟知的搗蛋鬼完全相反，竟然有人稱呼她「聖女繆里」──？延續幸福的第四集，開幕！

各 **NT$180~240/HK$50~68**

專業輕小說作家！ 1 待續

Kadokawa Fantastic Novels

作者：望公太　插畫：しらび

輕小說業界檯面下的祕密大公開！
令業界相關人士聞之色變!?

　　年收2500萬日圓的輕小說作家神陽太，動畫爆死他還是能賺這麼多，但這收入在業界卻不算什麼。陽太常提醒自己要像個「專家」，卻被年僅國高中的有才後輩作家逼得焦急不已，責編又瘋狂退他稿……陽太為了達成野心，今天也要繼續靠寫作賺錢！

NT$220/HK$73

打倒女神勇者的下流手段 1~3 待續

Kadokawa Fantastic Novels

作者：笹木さくま　插畫：遠坂あさぎ

「對女神教大神殿發動攻擊！」
下流參謀VS女神教，最終決戰即將展開!?

不僅連最強魔法師「聖女」都成了魔王城居民，還得到人類方的理解者。趁此攻擊良機，真一和瑟雷絲混入聖都，盯上四大樞機卿之一的聖母卿展開攻勢。離魔王們能夠和平生活的世界只差一步時，得到女神祝福的那個男人率領一萬勇者大軍捲土重來——

各 **NT$200~220/HK$67~75**

因為不是真正的夥伴而被逐出勇者隊伍，流落到邊境展開慢活人生 1 待續

Kadokawa Fantastic Novels

作者：ざっぽん　插畫：やすも

「快樂愜意的藥店經營」、「與公主的甜蜜生活」，沒有得到回報的英雄將展開美好的第二人生！

英雄雷德跟不上最前線的戰鬥，遭到隊友賢者屏除在戰力外，被踢出了勇者隊伍。他搬到邊境地區居住，還準備開一間藥草店，就這樣抱著興奮期待的心情過日子……然而此時，身為昔日夥伴的公主忽然找上門來!?

NT$220/HK$73

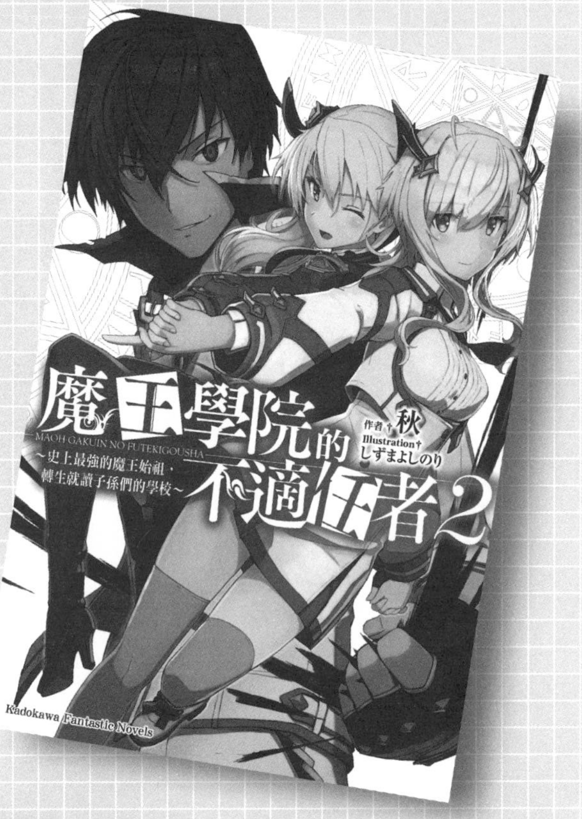

魔王學院的不適任者~史上最強的魔王始祖，轉生就讀子孫們的學校~ 1~2 待續

Kadokawa Fantastic Novels

作者：秋　插畫：しずまよしのり

將逼迫而來的計謀、一切不講理的事物粉碎吧！
暴虐魔王在新時代所刻下的霸道軌跡——

　　魔王學院德魯佐蓋多來了一名人稱「鍊魔劍聖」的轉學生，同時，隨著決定魔族最強劍士的「魔劍大會」即將開幕，被視為「不適任者」的阿諾斯，卻不知為何與那位轉學生一起在學院的推薦下成為選手——？

各 **NT$250/HK$83**

轉生為豬公爵的我，這次要向妳告白 1~2 待續

Kadokawa Fantastic Novels

作者：合田拍子　插畫：nauribon

豬公爵在學園的評價由負轉正！
還將擔任女王之盾的榮譽騎士!?

藉由諾菲斯事件從差評轉為好評的我，竟收到王室守護騎士選定試煉的參加邀請!?那可是擔任達利斯的女王之盾的重責大任！然而前去選定試煉的人除了豬公爵還有艾莉西雅公主，他們竟遇到將來會讓這個國家陷入最大危機的「背叛之騎士」!?

各 **NT$220/HK$73~75**

自稱F級的哥哥似乎要稱霸以遊戲分級的學園？ 1~3 待續

Kadokawa Fantastic Novels

作者：三河ごーすと　插畫：ねこめたる

掌控學園的獅群將在這天體會到
被「不敗傳說」惡魔般謀略玩弄的滋味！

碎城紅蓮被迫參加規模遍及全校的「學生會選賭」。不過在最終選拔的「假撲克」中，妹妹可憐卻在御嶽原水葉與白王子透夜的狡詐計謀下吞敗。紅蓮眼見深愛的妹妹受到傷害，對學生會所有人宣戰。「我要把你們打得再也無法振作！」

各 **NT$200~230/HK$67~75**

國家圖書館出版品預行編目資料

怕痛的我,把防禦力點滿就對了 / 夕蜜柑作 ; 吳松諺譯. -- 初版. -- 臺北市 : 臺灣角川, 2020.01-
冊 ; 公分. -- (Kadokawa fantastic novels)
譯自 : 痛いのは嫌なので防御力に極振りしたいと思います。
ISBN 978-957-743-499-9(第5冊 : 平裝)

861.57 108019509

Kadokawa
Fantastic
Novels

怕痛的我，把防禦力點滿就對了 5

（原著名：痛いのは嫌なので防御力に極振りしたいと思います。5）

2020年1月31日　初版第1刷發行
2022年11月24日　初版第6刷發行

作　者：夕蜜柑
插　畫：狐印
譯　者：吳松諺

發行人：岩崎剛人
總編輯：蔡佩芬
編　輯：黎夢萍
美術設計：黃永漢
印　務：李明修（主任）、張加恩（主任）、張凱棋

發行所：台灣角川股份有限公司
地　址：104台北市中山區松江路223號3樓
電　話：（02）2515-3000
傳　真：（02）2515-0033
網　址：www.kadokawa.com.tw
劃撥帳戶：台灣角川股份有限公司
劃撥帳號：19487412
法律顧問：有澤法律事務所
製　版：巨茂科技印刷有限公司
ISBN：978-957-743-499-9